也斯之游

中華書局

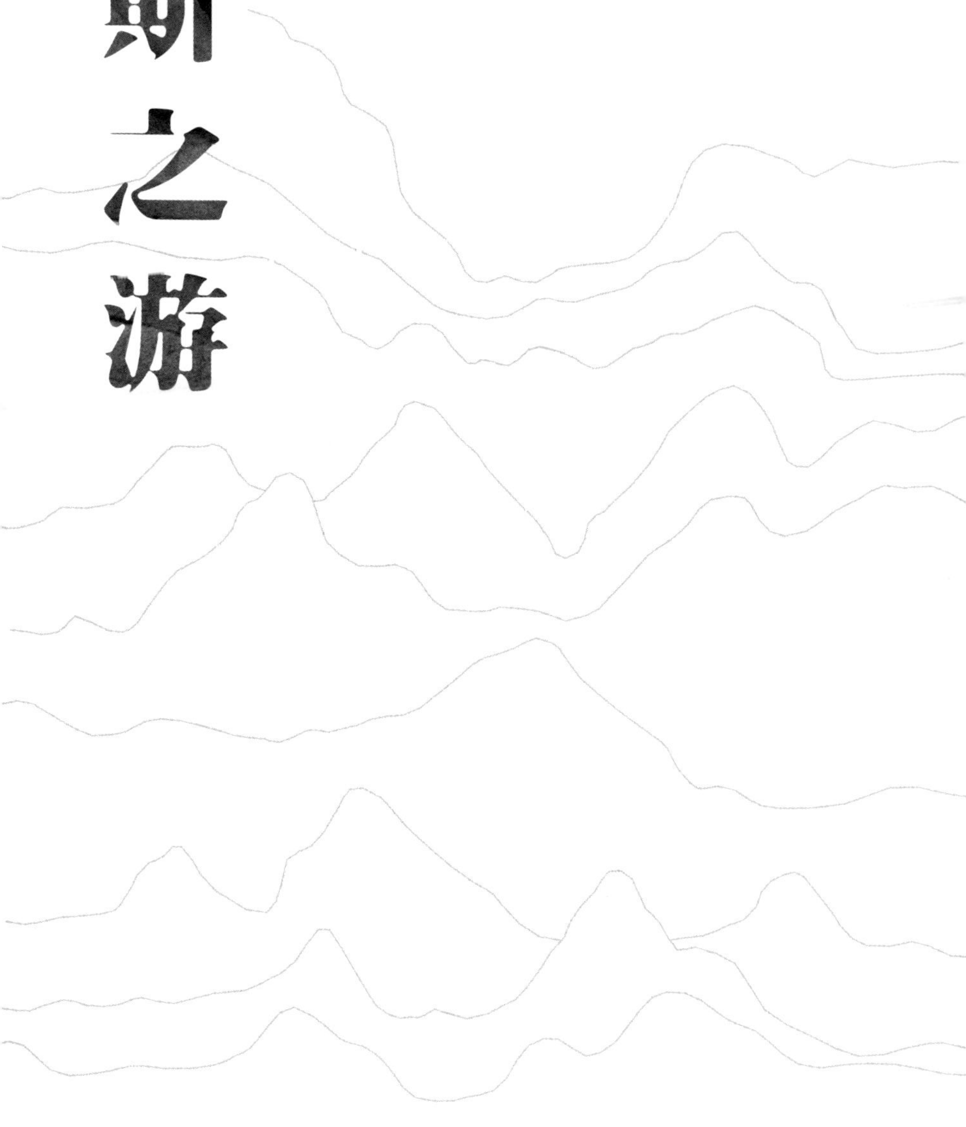

也斯 著　　李孝聰　迅清　凌冰 編

輯三：也斯的小說旅程

輯四：也斯的離與不離

導言

永不停歇的旅人——也斯游蹤五十年

李孝聰

六七十年代／二十多歲：游目騁懷　游心留神

也斯在少年時代開始便喜歡在大街小巷，鄉村山野間閒游，他帶着好奇與迷惑的目光，觀察大街小巷的人物事物。走在路上，也斯發覺眼前的世界和電影、書本中的不同，別人的想法、寫法未必適合他，於是當他看到有感覺的東西時便會提筆記下。除了「行街」外，當時很多港人到外國旅行，他卻喜歡在香港「行山」，新界郊野、偏遠離島的不同角落，都有他的足跡。這些香港尋常街道，偏遠山頭，一一化為他寫作的題材（如〈中午在鰂魚涌〉、〈東平洲〉、〈爛頭東北〉等），他說：「我常想把我遇到的人物和風景記下來，不是為了紀錄，而是存心留神。寫東西幫我學習觀看，找尋事物的意思。……我向自己謙卑地提出『留神』：從一個人對另一個人的留神，一個人對一條街道的留神開始。」（〈山水人物．前記〉，一九八〇）他的文字，真切地記下了我城的風貌和他的感受，寫出了那一代香港年青人的心聲（如〈灰鴿早晨的話〉、〈雷聲與蟬鳴〉）。今天重游他筆下的地方，很多已面目全非，詩人的文字，成了我城的歷史印記。

除在我城漫游，七十年代，有兩次外游的經驗，對也斯的創作影響深遠。在一九七四年，他初次回到大陸，往肇慶和廣州旅行。第一次離開熟悉的生活環境，使他強烈地感覺到我城與彼地的差異，感受很深（例如〈舊城〉），於是寫了一組詩，合稱之為「游詩」，這是他第一次用「游詩」這個說法表述他的詩作。

一九七六年八月，也斯和吳煦斌、西西背着背囊，帶着地圖，踏上自己設計的台灣之旅。這次的環島旅行，除了欣賞到台灣的自然風光，影響可能更深的是他們在台灣發現很多有意思的文化風景（見〈新果自然來〉、〈風馬牛肉麪〉）。多年後，記敘這次環島之游的文字被結集為《新果自然來》一書，也斯在小序中說：「我想通過旅行和書寫去了解世界、尋找某些素質，從台灣的旅行開始，一直到今天還未停止。」（《新果自然來．小序》，二〇〇二）

初次踏足社會工作，使也斯感受現實環境的壓力，在大機構工作，他發覺許多事不對勁，「社會環境使我產生疑慮，但無疑使我產生反抗；處在這時空下，確有了局限，但亦未嘗不促使反省；接觸殊異的人事，帶來刺痛、但亦有感激。也許正是無法用四字成語一下子說盡這複雜的感受，才使我嘗試寫小說的。」（〈影印機與神話——《養龍人師門》初版後記〉，一九七九）也斯這時期的小說，有些是有較明顯香港背景的寫實小說，有些則是糅合了想像的作品（如〈找房子的人〉），不過正如他自己所說：「正如在工作經驗中兩者打成一片，在小說裏寫實與想像兩輯的區別亦未必那麼分明。」到了一九七七年他在《快報》寫《剪紙》時，遂將兩者融合，客觀敘述與城市魔幻交織，成功表達香港文化的複雜性，開拓了香港小說的一個新領域。[1]

---

1 《剪紙》在 1982 年由素葉出版社結集出版，也斯對連載版本作出了多處修訂，這些修訂一定程度上反映了也斯在留美幾年間對香港文化問題和香港抒情問題想法的變化。見王家琪〈文化寓言與粵語抒情：論也斯《剪紙》連載版本的修改〉（《香港文學》2019 年 12 月號總第 420 期）一文。

由**游目而游心**[2]，也斯以清新的文字，獨特的觸覺，寫他眼中的城市及其種種變化。一九七八年，也斯赴美深造，踏上新的人生旅途。翌年，他自資出版了第一本詩集《雷聲與蟬鳴》；而台灣民眾出版社則出版了他的第一本小說集《養龍人師門》，這一年，他交出了他這階段的一份亮麗的成績表。

八十年代／三十多歲：來回往復　游移反思

一九七八年，也斯赴美深造，由於想深挖不同文化的異同，並透過對照同異，探索自己的文化身份，所以他選擇了修讀比較文學。期間，他一方面廣泛閱讀中外文學理論和作品，也回頭搜遍三四十年代的文學雜誌、期刊，從比較文學的角度，探討西方文學（現代主義）對中國作家的影響（如對三四十年代作家和香港早期作家，如劉以鬯的小說、馬朗的詩）。一九八四年，完成博士論文《抗衡的美學：中國新詩中的現代主義（一九三六至一九四九）》，也斯在學術理論方面的探討，使他的詩觀更趨成熟，也影響了他日後的創作。學成回港後，一九八五年，也斯加入香港大學，任教於比較文學系。

留美的幾年，置身於陌生的文化之中，對時間和空間、文化和語言的差異特別敏感（見〈樂海崖的月亮〉、〈雲游〉等詩），也斯一方面尖銳地感覺差距，一方面尋求共通規律，使他對個人和香港的文化，反思良多[3]。一九八一至八二年間，也斯曾短暫回港，感覺香港有些變了，有點陌生，產生浮懸不安的感覺，至一九八四年畢業回港，更發現商品文化普及，文學園地比前更萎縮，詩竟無發表之地。面對香港這幾年的變化，一時覺難以適應。回想七十年代以來相信的種種，處處受到挑戰，思前想後，寫下了一些表達他游移兩地，心情反覆的作品（如小說〈煩惱娃娃的旅程〉）。

另一方面，身在美國，回頭望香港和內地，使也斯對國家有了新的想法。「從島眺望大陸，又從大陸眺望島。換了一個角度，至少會看到站在原地沒有看到的東西，會

---

2 學者龔鵬程認為「俯仰觀覽，是游目。但目既往復游馳，心亦徘徊馳騖，游目即是游心。」詳見《吟遊問俠之吟遊：遊的精神文化史論》，台北：風雲時代，2023年。

3 學者田曉菲對這種作家由「游歷」而引起的「錯位意識」有深入的論述，她的看法詳見她以中國古代作家為研究對象的專著：《神遊：早期中古時代與十九世紀中國的行旅寫作》，北京：三聯書店，2022年。

想到去體會別人為什麼那樣看事情。」（《島和大陸》〈古怪的大榕樹——代序〉，一九八七）在美國與中國留學生的接觸，加上回港後到昆明、上海等地方開會，認識了不少內地作家和導演，使他對內地的認識深了，心中有不少既喜也憂的感觸。「游記也像是內心與外界現實的對話，內心主觀的想法，在旅遊時遇到現實而有所修正，逐漸形成新的看法，游與思之間，是來復往還的修正與平衡。」（《昆明的紅嘴鷗》，一九九一）種種的想法，促使他寫下了《島與大陸》（小說）和《昆明的紅嘴鷗》（散文）等作品，寫對香港和內地的感受，反思個人和香港的文化身份（見〈革命大道旁的牙醫〉、〈富春江的輪渡〉、〈時空的漫游——訪問上海〉等）。他這類游走於東西古今，拆解表象，反覆叩問歷史的旅遊書寫，在寫外地之餘，同時建構了他的香港論述[4]。

也斯八二年回港期間，與畫家梁巨廷往青松觀和元朗等地賞蓮，引起種種聯想，「徘徊在心與物之間，是為了思考個人與世界種種對話的可能性」（〈電影和詩，以及一些彎彎曲曲的街道〉，見《梁鈞秉卷》，一九八九），這些想法後來發展成他對詠物詩的探索，一九九〇年在《香港文學》發表〈談詠物詩〉一文，提出詩人須重新思考詩與物的關係，開展了他**游於物**的歷程（如寫蓮、寫食物、寫文物的一系列作品）。

九十年代／四十多歲：游離越界　書寫我城

也斯在九十年代多次出外游學，先後在不同大學任訪問教授，在異地接觸新事物，特別是幾度訪問東歐和柏林，目睹歐洲的變化，使他百感交集。如上文所述，在外面的日子久了，東西不同城市來回，在不同的文化中間游走，幫助他調整了不少定見，也使他更常想到香港的情況。處身時代轉折，目睹香港各方面的變化，既看到有朋友移民他去，又接觸到初開放的大陸，也面對了許多曖昧的處境，使他產生種種認知和感情上的衝擊、複雜的感受，對香港文化有更深刻的體會，[5] 這種種的思考，不單影響了也斯作品的內容，也影響了他的創作手法。

4　見樊善標於〈關於時空的漫游——訪問上海〉一篇的導賞。

5　區仲桃認為「梁秉鈞的旅行亦是回溯過去，是一種逆向之旅，一種認識自己家鄉的過程」。（區仲桃《東西之間：梁秉鈞的中間詩學論》，香港：中華書局，2022年）

小說方面，他放棄了傳統敘事的方式，淡化情節，夾雜了散文和評論、變奏的頌詩，寫出了《煩惱娃娃的旅程》、《布拉格的明信片》等小說。在一個訪談中，他說：「它（〈煩惱娃娃的旅程〉）本身就像一個長篇的抒情散文……所以看來不像傳統的小說。」（〈鍾愛電影的詩人小說家〉，《百家》十一期二〇一〇年十二月、十二期，二〇一一年一月）也斯的這部作品，開展了旅遊小說、文化小說的新類型，繼《剪紙》後，又開創一個新方向。

散文方面，承接寫於八十年代中的《昆明的紅嘴鷗》的風格，《昆明》較多寫回國的感受，九十年代中期出版的《越界書簡》（一九九六）則多寫由東方到西方的越界思考。一九九五年，也斯有感於香港的故事，很多不同人說，眾說紛紜，卻不一定能告訴我們香港的事，只是說出了說話的人站在什麼位置說話，發表了〈香港的故事：為什麼這麼難說〉一文，討論香港的文化身份。他希望尋找不同的方法來寫香港，說出香港人此時此地的故事，此時此地的感受，也發展出一些反省。他說：「我從一個創作詩文為主的作者，在這一階段好似越出原來文類的界線，變成在創作中包括評論的思維、甚至有時變成一個以寫作評論為主的作者，這未必是社會文化干擾了個人的詩情，是生活在這文化空間，自然需要直接或間接作出回應。」（〈散文與生活態度〉，《越界書簡》，一九九六，原刊於《讀書人》，一九九五年五月）他這類游走於創作與評論、學院與非學院、富抒情風格而帶評論的越界文章成了他這時期散文的一個特色。

也斯在八十年代時，已開始與其他藝術界別的創作者合作（如《游詩》的駱笑萍、《中國影像：一至廿四》的梁家泰），進入九十年代初，也斯發現跨媒體藝術似乎可以提供更大空間讓人發揮，換一個不同角度看事物，與另外一些藝術家與觀眾溝通，可以不用被單一角度和標準規限，所以他參與了更多與不同媒介的合作，先後與藝術家如李家昇、梅卓燕、游靜、陳載澧、龔志成、凌穎詩等合作，越界對話，詩集如《游離的詩》、《博物館》中都有不少這類作品。在這些作品中，影像、文物、食物與文字是合作關係而非主從關係，詩人嘗試讓物件說話，又或跟它作聯想的對話，引發不同的訊息，探討如何以文字和其他藝術方式呈現香港或內地文化，所以有人戲稱他為「對話王」。這類的合作，之後不斷拓展至不同領域。種種「游離」、「越界」、「游於物」、「游於藝」的實踐，拓闊了也斯的視野，也使他的游蹤擴至新的邊界。

九七後／五十多歲：跨境誌食　邊走邊寫

一九九七年，香港回歸，也斯四十八歲，他離開任教了十二年的香港大學，轉到嶺南大學中文系，生活圈子也由香港城市中心的港島轉到較為鄉郊的屯門虎地。

經歷過九十年代連串的歷史大事後，詩人一直在思考如何書寫他生於斯長於斯的地方。一九九七年五月，溫哥華舉辦一個文化節，邀請也斯參加。也斯在九五年出版了《香港文化》一書以後，對於香港文化問題的爭論感到有點厭倦，想回歸創作。適逢他與好友攝影家李家昇過去合作過《詩與攝影》，剛好又寫了一兩首有關香港食物的詩（如〈鴛鴦〉、〈盆菜〉），就想不如以食物為主題做一個詩與影像的展出，所以便寫了〈食事地域誌〉組詩和後來一連串食物詩，並於不同城市辦了一系列的跨媒介展覽。[6]

食物在日常生活裏不可少，具體又多姿多彩，在種種人際關係和社會活動中都有它的位置，過往嚴肅的文學不以它入詩，也斯放下了理論，選擇從日常的食物切入，連繫社會與文化，私人慾望與記憶寫成一系列的作品，這些作品，後多收入於《東西》和《蔬菜的政治》兩本詩集。這幾年間，詩人游弋於東、西（East, West）兩方，品嚐各地美食，被跨越文化的東西（Things）吸引，他帶着友人相贈的台灣白玉苦瓜到柏林（見〈帶一枚苦瓜旅行〉），在法蘭克福遇見美越混血青年而聯想到越南的木瓜樹，在德國的蕁麻湯裏喝出了歷史，在土耳其的釀橄欖裏認識了不同的文化，吃澳門非洲雞想起了中西文化交流……，旅遊與飲食使他思考了很多東與西之間的東西，他說：「我在《東西》（二〇〇〇）這本詩集裏寫從東方到西方的旅程，發覺並不是只有一個東方和一個西方，而是從中互相滲透互相矛盾產生許許多多的『東西』。」（〈《東西》後記〉），二〇〇〇）瘂弦在評《蔬菜的政治》時說這本書「通過詩文學的形式，探求飲食與民族性格、健康倫理、殖民論述、政治取向，歷史淵藪的關係」[7]，創造了詠物詩的新品種，瘂弦的話恰當的點出了也斯「**游於食**」作品的特色。

---

6 見李家昇談〈愛麗絲的瘋茶會〉一文。

7 瘂弦〈梁秉鈞《蔬菜的政治》的聯想〉，原為中文文學雙年獎評語，轉引自《僭越的夜行——梁秉鈞新詩作品評論集彙編》，香港：文化工房，2012年。

與此同時，小說方面，也斯同樣開始「從民生小節，從食物和愛情去寫香港生活」，寫九七後香港人如何面對種種變化，於是有了《後殖民食物與愛情》一作。這系列的第一篇〈後殖民食物與愛情〉發表於一九九八年（《純文學》復刊創刊號），原來的構思是寫一個長篇，但因為當時刊物沒有長篇的篇幅，他自己也不知能不能寫下去，所以改以獨立短篇形式寫作，希望待以後再結合其他片段嵌砌成整體。之後多年，他寫寫停停，斷斷續續的在不同刊物發表一個個獨立但又交叉相連的故事，一直到二〇〇八年才寫完最後一篇。這段文字的旅程，前後延續了十一年，期間，也斯帶着書稿到處去，書中人物也走遍世界各地，他寫各地食物的甜酸苦辣，同時帶出人情的冷暖辛酸，眾味紛陳。〈後殖民食物與愛情故事〉一篇開首第一句寫「老薛說他要寫一本書，關於香港食物的歷史，這本書將會包括一切大家要知道有關香港的事情：歷史、政治、文化，什麼都有，是一本空前絕後的、書中的書」。老薛這句話雖誇張，小說中的這本書結果也沒有寫成，不過，如用這句話來形容《後殖民食物與愛情》一書，似乎也覺合適。

轉職嶺大後，也斯的工作比前更繁重，行政與教學的工作使他疲於奔命，出外游學反成了他喘息的空間，其中，柏林、海德堡和沙可慈堪稱他創作的桃源。在一九九八年和二〇〇一年間，他先後作客柏林和海德堡，在德期間，觀察德國在圍牆倒下後的種種變化，加上與中外學者的交流，知識的激盪，使也斯體會深刻。客旅中雖難免「行旅」之勞累，但旅行所提供的區隔狀態，使他能稍為擺脫公務，有機會讀書和思考，專心寫作，或與家人聊天散步，和朋友飲酒談詩。游者的身份，使也斯短暫地逸出塵網，在「游覽」[8]中使身心從極度疲累中康復過來。《在柏林走路》一書中的部分文章，流露出也斯這幾年文章中少有的舒泰，重拾創作的活力。柏林外，法國的沙可慈是另一個也斯很喜愛的地方，在二〇〇六和二〇〇八年，也斯兩度探訪這個位於阿爾卑斯山的南法小鎮，特別是二〇〇八年，女兒安文同行，更為他添了不少親切甜蜜的回憶，他在那裏的兩個夏季，讀了不少書，也寫了不少詩，二〇一二年結集為他的最後一本詩集《普羅旺斯的漢詩》。

---

8 《文選》中，「游覽」詩和「行旅」詩分為兩類，龔鵬程認為「行旅乃是為了某種原因或目的，而不得不奔波道途，例如赴任、出征、遭貶黜等等。故游覽是解放的，行旅是被世務所役使的；游覽愉悅，行旅行役則甚勞苦；游覽者精神意向指向另一世界，行役者卻老是想要回家。」見《吟遊問俠之吟遊：遊的精神文化史論》。

二〇〇七年一至二月間，他接受邀請往法國作文化交流，在法國西北岸的 St Lazare 寫成小說〈淹死者的超度〉，同年於《字花》發表。這篇小說借用了志怪小說（李朝威〈柳毅〉《太平廣記》、〈五鬼鬧鍾馗〉《斬鬼傳》）的元素，糅合現實（偷渡客死亡的新聞）和想像，借小道士的超度之旅，寫個人求道、成長的歷程，是他個人很喜歡的言志之作。經歷種種的挫折、考驗，小道士終於完成超度，小說的最後一段：「我望出窗外，真是個難得的晴天，我也要下山去，東邊長長的岩石的海岸，豎起許多網罟，還有更遠處，有晾鹽的澤地，那邊還有一大片我未走過的地方呢！」也許，這也是也斯當時的心聲。

《昭明文選》把游覽文學與游仙、隱士文學相連，游仙隱士出塵絕世，也斯卻無意隱遁，正如他早年的名句：「即使白雲美麗，你也不能住在裏面」（〈雲游〉），對他來說，游是一個探索世界、人生，實現人生價值的過程，他選擇一直走下去，在旅途中觀察外面的世界，同時回顧自己的城市，體察文化的異同，互相比較互相參照，從一個更大的視野思考個人和香港的問題，在《在柏林走路》以至《淹死者的超度》中，都可見這類的蹤跡。

《在柏林走路》（二〇〇二）從外地反思本土，《也斯的香港》（二〇〇五）則回歸我城。也斯重拾早年《山水人物》、《山光水影》的風格，擷取城市不顯眼的東西，從小故事、普通人入手，寫出香港的面貌。這書中的文字，約三分一是舊作，三分二是未有結集的新稿，既回顧以往人事風景（如劉以鬯、舒巷城、廟街、九龍城寨……），也素描當時的新人新事（如鄧達智、梁文韜、又一城……），配合他自己拍的照片（他自稱「素人攝影師」），生動而具體的呈現出他眼中的香港，讀者翻閱此書，有如參加了也斯設計的「電車的旅程」（見同名文），坐着穿越時空的電車，在也斯的的引導下，走過大街小巷，舊樓新廈，由過去到今天，字游香港，踏上也斯文字旅途回程的開端。

最後歲月／六十前後：字游我城　回味人間滋味

二〇〇九年，寫了十一年的《後殖民食物與愛情》終於結集出版，另外，一系列暗含「游」這個母題的短篇小說也被編選成《越界的行程》一書，也斯在序中說：「執筆的時候，正值一趟旅程的結束，還得收拾東西，準備候車坐機回去。是時候好好想想，這旅程的所見所聞，細閱其中意義，回到我的日常工作，直至下一趟旅程。」這一年，也斯六十歲，確診患上癌症。

患病後，遠游減少了，但也斯仍字游不輟。二〇一三年出版的《浮世巴哈》共收自一九九三至二〇一二年間的散文七十二篇，其中，發現患病的二〇〇九年佔的篇數最多（共十一篇）。李歐梵教授的〈情迷香港〉一文提到，書中的幾篇長文都是在二〇一二年，即他「接受化療時寫的，可見他在走到人生的盡頭」，依然孜孜不倦的為香港文化、文學而努力。書中除討論香港文化的文章外，有多篇文章憶述自己的寫作歷程，如〈越界的月亮〉、〈城市的誘惑．城市的挑戰〉，也有不少懷想前輩作家，或記述與朋友交游的文字，如葉嘉瑩、沈從文、胡金銓、吳興華、宋淇等，這些文章一方面回顧也斯的文學旅程，也對曾影響自己的前輩致意，感情深摯，真誠動人。其中，前後寫了三年的〈跟宋淇先生吃西餐〉寫他與宋淇先生的交往，寫出了香港上一代文人的風範，也側寫了香港當年的文學風景，讓我們看到也斯以至香港文學，是如何一路走過來的。

二〇一一年，他與葉輝在《明報》合寫一個關於食物與愛情的專欄，後結集為《人間滋味》一書。他在書序中提到年輕時拒絕為報章寫飲食專欄，這次卻一口答應：「其實我既不是飲食專家也不是愛情專家，不過對日常生活，飯桌上的人情往來，常有所感，有機會也想記述成文。年輕時有很多執着，年紀大更想欣賞不同的生活態度。」專欄以親切平易的文字寫食物記人情，隨意裏有不隨意，在果菜魚肉，粥粉麪飯間回味人生滋味，細說人情物理（如〈潮風剛烈、蘸醬溫柔〉），借用他自己的文字，確有消除邪熱、解脫勞乏（〈給苦瓜的頌詩〉）的療效。

這種心態和風格，在詩集《普羅旺斯的漢詩》中同樣可見。他在詩集的後記中說：「近兩年生病了，不能遠行。也寫了一些疾病的詩，但還是非常懷念近六、七年以來那輯從陽光下的修院和花園開始的詩，那裏面有些東西給予我很大的安慰，在不安定的日子中令我舒懷。我自然便也用了些時間，把散亂的詩稿能找到的找出來，整理成書。希望這些零散的陽光和花瓣，也能為其他在逆境的人，帶來一點安慰。」（〈普羅旺斯的漢詩後記〉，二〇一二年六月）詩集中寫沙可慈的作品，溫馨愉悅，的確能使人感到舒懷安慰。為他這本書畫插畫的學生葉曉文在一個訪問中哽咽憶述：「這本詩集中我最喜歡〈馬蒂斯旺斯教堂〉這首詩。也斯最初跟我說，這首詩他寫了很久都寫不完，後來他又跟我說：『我終於寫得完這首詩……』我不明白他為什麼這樣說，但這首詩給我很大的安慰。當時他正面臨生命中最大的難關，可是詩中卻用上很多美麗的意象，結尾說：『每個人都可以懷抱希望。』這正正表現了他樂觀、堅強的個性。」[9]

相對於之前的作品（如《形象香港》、《蔬菜的政治》），《普羅旺斯的漢詩》中的大部分作品都顯得寬和從容、恬淡自然。詩人馬若說也斯二〇〇六年後的詩如珍藏的酒，需得慢慢細嚐。在村子中，詩人與朋友圍坐聊天，採摘新果，做餅燒菜，與女兒到山上看書，悠然自得。沙可慈彷彿是世外桃源，但正如前文所說，詩人無意游仙隱遁，安居於無何有之鄉，羅貴祥指出：「《普羅旺斯的漢詩》裏的敘事抒情主體，是個沒有停歇或停駐的旅人。他不想停下來，因為太久的停頓，都有可能消磨了尋求自由的心靈，令生活變為新的規範性的秩序。」[10] 在沙可慈，他仍在作新的嘗試，如「詩經練習」的一系列作品，他打破舊有的的抒情傳統，嘗試把詩經處理的舊日處境，放在現代的狀況裏（如〈雞鳴〉、〈碩鼠〉）。在創作和人生的最後階段，也斯仍心有所繫，仍有所追求，從未止息。

二〇一三年一月五日，也斯在家人陪伴及巴哈的樂聲中走完了他的最後一程。

結語

以上綜合也斯的個人作品和相關的資料，按時間推展，略述也斯的生平和創作歷程，並將之分為幾個階段，簡述每一階段的背景和主要特色。其實也斯不同階段的創作形式、風格和心態的變化，並不能按時間截然切分，因為也斯的創作之旅，是一個迴環往復，螺旋轉化的過程，各階段交疊發展，無法簡單分割，而其中不少重要作品，創作時間長達十年，期間來回反覆，增刪修訂，甚至推倒重寫，所以上述不同階段的邊界模糊，分期只能是一個籠統的大概，點出也斯不同時期的主要特色，方便不熟悉也斯的讀者了解他的創作

---

9 〈執意的追尋——訪插畫師葉曉文〉，《思源》，2016年12月號，見啟思中國語文網。

10 引自羅貴祥〈整體性的瞬間〉一文，文章對也斯旅人游者的身份有很深入的剖析。原文刊《文學評論》第二十一期，2012年8月，轉引自陳素怡主編《僭越的夜行．下卷》，香港：文化工房，2012年。

歷程。

正如也斯自言：「游是一個發現的過程」，隨着時間、空間的推移轉換，也斯游的方式（游歷、游學、游於詩、游於文、游於藝、游於物）和心態，不斷變化，甚至舊地重游，所思所想都有不同，「心態和地域交切縱橫」[11]，交織成一幅「多采多姿」[12]的文學地圖，而貫串其中，始終如一的是也斯對文學的熱誠，對香港的感情，對人的關懷。我們在本書中，試圖以時間為經，文類為緯，整理也斯的作品，介紹也斯的文學游蹤，並特別邀請一班曾與也斯交游的朋友，撰寫導賞文字，提供「現場」經驗，幫助讀者瞭解也斯其人其文，創作背景，使能更立體的認識也斯，並感受到與也斯同游的樂趣。

二〇二三年十二月三十一日

11 吳煦斌給筆者的電郵中的用語。

12 李歐梵《布拉格的明信片——映象小說集》小序，李歐梵說：「多采使我們想到繪畫和電影，是一種視覺上的樂趣，從文字的引發，使人聯想到許多多采的畫面（書中有一篇就直接指涉到一群香港人在巴黎拍電影的故事），使得小說閱讀的過程變成了觀賞多媒體的視覺過程；而多姿是敍事技巧上的效果，使我們感到這本書的敍事者是以各種姿態出現的，和我們所熟知的也斯（當然「也斯」又是梁秉鈞的另一個文學面具）這個人並不相同……」（香港：青文書屋，2003年）

輯一
也斯的詩

游是從容的觀看、
耐性的相處、
反覆的省思。
游是那發現的過程。

〈游詩・後記〉

雷聲與蟬鳴

雷聲使人醒來
現在雷聲沉寂了
滂沱大雨化作簷前的點滴
然後又響起一陣蟬鳴
等待是那鳥的啁啾
斷續的穿插串起整個早晨的怔忡
還有雞亦啼了
鋼琴的試探和安慰……
在這些新揚起的聲音中保持自己的聲音
蟬鳴仍是不絕的堅持
窗外一捲破蓆

和棄置的棕色水松木上
放着紅花盆
沒人走過斜坡
樹下灰白色的麻石
結出水光晶瑩
深淺的綠疊到遠方
化為紅花的木梢承受天空
黎明清新的空氣中
音樂流轉
會再掀起另一場雨？

等待着那來臨的
不曉得是否受阻於閃雷與雷霆
一條泥濘的街道

把雨內和雨外分開
室內是安寧的
書籍、畫片、信札和鑰匙
能把蕪亂的世界隔在外面？
然而一旦回頭
又彷彿聽見門邊有喘息的聲音

並沒有什麼，只是
雨的綷縩的衣裙糾動
再一次去而復來
絲絲小滴裏包含着生的蠢動
一頭牛走過，低鳴
一個女子走過，摹倣牠的鳴叫
然後雨再劇密，成為更響亮的聲音
但牛仍然站在樹下

黑色皮毛反映着濕潤的微光
固執地低頭吃草

在迷濛中
某些山形堅持完整的輪廓
生長又生長的枝椏
接受不斷的塗抹
雷聲隱約再響
蟬鳴還在那裏
在最猛烈的雷霆和閃電中歌唱
蟬鳴是粗筆濃墨間的青綠點拂
等待中肌膚上一陣清涼
因為雨滴濺到身上
而發現了那溫暖

一九七三年五月，長洲

讀〈雷聲與蟬鳴〉

江游

有個說法：散文是散步，詩是舞蹈。散步是一步一步走來，有蹤跡可尋；舞步是跳動，步法不規則，而且有不少凌空。既無跡可尋，讀詩就要運用想像去連繫其中意蘊。等待貫穿整首詩，等待什麼，要等待的最終有沒有來，都不知道。在等待中，出現三種主要聲音：雷聲、蟬鳴，以及雨聲，還有鳥聲、琴音、雞啼、牛鳴。作為詩題的雷聲與蟬鳴固然是詩的主調（互相爭鳴卻互不妨礙），但不宜把注意力完全放在「保持自己的聲音」、「不斷的堅持」等類近「金句」的句子上。在眾聲喧嘩中，背景不停轉換，有室內也有室外。曾在北角也斯舊居做編務的《大拇指》雜誌同人對「書籍、畫片、信札和鑰匙」應印象猶新，對窗外的街景和山景也不會陌生。至於室外，景象相當跳躍，有泥濘的街道、山（有的「堅持完整的輪廓」）、樹，甚至有牛。我們試運用想像，融合自然界的聲音跟現實的室外與室內、城市與郊野的景緻，那是在我們人生漫長的等待中，必然或偶然會遇上的事物，如果我們保持對世界的興趣的話。說「保持」和「堅持」是重要的（那當然重要），不如說，保有那對涼、溫的感覺（也就是我們對世界的情感投入）同樣重要，一旦失去感覺，等待豈不就完結了嗎？末三句是一個巧妙的感官置換——人感覺到雨滴的清涼，是雨發現了人身的溫暖。

茶

沒有一張臉孔
從茶杯裏泛上來
只是茶葉桿子豎着
說友人來訪
數暖棕色茶上的點點燈光
靜默中飄滿眼睛
一雙雙夏夜的星
從天的前門來
又自雲的後門去了
彼此相隔了這麼多浮泛
沒有靜下來

對飲的一刻
偶然的相見相感
猶似遙遠的茶香飄忽
手只獨自舉起
杯中的影子幌動
茶香中總有苦澀呢
杯底的茉莉瓣
或聚或散成圖

一九七三年

談也斯的〈茶〉

江游

也斯相當早期的詩，但技巧純熟，抒情也極有節制。喝茶在中國有悠久歷史，至宋而愈趨普及盛行，陸游有幾個著名句子：「……小樓一夜聽春雨，深巷明朝賣杏花。矮紙斜行閒作草，晴窗細乳戲分茶。……」（〈臨安春雨初霽〉）唐、宋時期的茶，是研作細末，用熱水沖沏。「戲分茶」就是把水沖到杯中時，以高度技巧使泛起的泡沫（細乳）形成各種花紋圖像，有點像我們現在沖咖啡時的拉花。也斯的〈茶〉無疑是現代的，沒有求助於傳統的意象或情趣。「只是茶葉桿子豎着／說友人來訪」，這是現代的「茶占」——藉茶葉在茶湯中散亂分佈的情狀，占卜未知的事情。這裏豎着的茶葉預言，會有朋友來探訪，但人並沒有來。先提一句：「沒有一張臉孔／從茶杯裏泛上來」，則茶占帶來的失落可想而知。即使偶然相遇，來去匆匆，像杯中茶反映的燈光，不一會便消散，相見相感亦如茶香淡褪，只餘茶的苦澀。「茶香中總有苦澀」本可成句，加一「呢」字，把入聲字「澀」的沉重，轉為平聲字「呢」的輕柔，保持了全詩「淡淡的愁」，極顯心思。最後是點睛一筆：「杯底的茉莉瓣／或聚或散成圖」，把個人經驗，推展為普遍定理：人生聚散，沒有規則可言，占卜也占不準，只如變化多端的圖畫。古人認為詩應有「詩眼」，則此兩句，可就是〈茶〉的「詩眼」了。

中午在鰂魚涌

有時工作使我疲倦
中午便到外面的路上走走
我看見生果檔上鮮紅色的櫻桃
嗅到煙草公司的煙草味
門前工人們穿着藍色上衣
一群人圍在食檔旁
一個孩子用鹹水草綁着一隻蟹
帶牠上街
我看見人們在趕路
在殯儀館對面
花檔的人在剪花

在籃球場
有人躍起投一個球
一輛汽車響着喇叭駛過去
有時我走到碼頭看海
學習堅硬如一個鐵錨
有時那裏有船
有時那是風暴
海上只剩下白頭的浪

人們在卸貨
推一輛重車沿着軌道走
把木箱和紙盒
緩緩推到目的地
有時我在拱門停下來

以為聽見有人喚我
有時抬頭看一幢灰黃的建築物
有時那是天空

有時工作使我疲倦
有時那只是情緒
有時走過路上
細看一個磨剪刀的老人
有時只是雙腳擺動
像一把生銹的剪刀
下雨的日子淋一段路
有時希望遇見一把傘
有時只是
繼續淋下去

煙突冒煙
嬰兒啼哭
路邊的紙屑隨雨水沖下溝渠

總有修了太久的路
荒置的地盤
有時生銹的鐵枝間有昆蟲爬行
有時水潭裏有雲
走過雜貨店買一枝畫圖筆
顏料鋪裏有一千罐不同的顏色
永遠密封或者等待打開

有時我走到山邊看石
學習像石一般堅硬

生活是連綿的敲鑿
太多阻擋，太多粉碎
而我總是一塊不稱職的石
有時想軟化
有時奢想飛翔

一九七四年六月

讀〈中午在鰂魚涌〉

迅清

你知道鰂魚涌在哪裏嗎？

我以前住過筲箕灣，到半山的大學校園要到北角碼頭轉乘二十三號巴士，鰂魚涌是早上必經之路。不過那時候鰂魚涌一段設置的巴士專線，不但沒有令行車的時間縮短，反而因為巴士專線前車輛阻塞，必須等候許久才得以暢通無阻。不少乘客氣憤不已，寧願下車趕路，往北角轉車去了。有不少日子，坐在巴士上層，看着如潮水的行人匆匆忙忙往前走，才明白什麼叫上班工作。我印象中的鰂魚涌，有店舖，有學校，有街市，有外牆掛滿籠子的大廈、荒廢的地盤和山坡上的小廟宇。也斯的詩〈中午在鰂魚涌〉寫到的殯儀館和煙草公司，當然我也不陌生。這樣的一個小地方，實在充滿了生活中多樣的色彩。

這首詩兩處寫到「有時工作使我疲倦」，開首的那句帶出作者離開辦公室後，在街頭遇到的種種事情，既有平鋪直敘，也令詩人勾起許多聯想。第二處逐漸寫出了矛盾的心情：疲倦可能是情緒，下雨的時候想持着傘子，又想淋雨。生活中原來有許多的煩惱和不安定。午飯時候外出散步，本無目的，只是希望令心情舒暢，但看來並不容易。但我卻欣賞詩人對生活的態度。尾段看似無奈，其實是帶着一份不妥協的精神，找尋生活的新方向。

舊城

灰黯的樓宇間
整齊地駛過一列自行車
鈴聲卻是參差的
逐漸分途了
有人駛遠
轉了彎
有人在飲食店旁停下來
飲食店前排着隊伍
陰暗的店裏橫懸的布條下
人們低頭吃飯
又一列自行車

在門外駛過
隱沒在屋宇一色的灰霾後
鈴聲總是參差的……
我們轉進文化公園
坐在老樹根旁
喝一分錢的清茶
同行的友人說
不知哪裏可以買一塊肥皂洗去滿臉灰塵
我沒有說什麼
只是看那邊的婦人
掃滿地落葉
想可有誰能洗去城市的灰塵

一九七四年，廣州

游於是乎始

李孝聰

一九七四年，也斯初次到廣州和肇慶旅行，雖然只是幾小時車程的距離，但在香港長大的他，進入了一個完全不同的國度，眼前城中的樓宇灰黯一色，城中的人低頭排隊，自行車一列一列地整齊駛過，隱沒在灰霾後，一切使他感到破爛和壓迫，眼前舊城與書本中所見的文化中國，有種種的參差，坐在文化公園的老樹根下，朋友想買一塊肥皂洗去臉上灰塵，也斯想的卻是怎樣使蒙塵的城市重拾光彩。在一個訪問中，也斯說，〈舊城〉是「想寫那種既有關心又想批評，既有惋惜亦有期望的感覺……」[1]。

這次離開熟悉的生活環境，體會不同生活方式的經驗給他很大衝擊，「這些想像與現實、此地與彼地的差距中間，產生了絮絮的詩句。」[2]，他嘗試透過城市和山水之游去寫一些牽連人的問題，寫成了多首作品，合稱之為《游詩》。這是他第一次在他的詩上用上「游詩」這名字。及後他展開了一段又一段的旅程，游蹤遍及更多地方，在文學、藝術的世界不斷漫游，游於時間、游於空間、游於詩、游於學、游於藝、游於物，開展了一個廣闊的世界。

---

1 〈在舊書店找到的詩集〉，陳智德、陳昌敏、洛楓等訪問，洛楓整理。原載《新穗詩刊》第六期，一九八六年。

2 《半途——梁秉鈞詩選》〈附錄·回鄉〉

樂海崖的月亮

一、

我可以把香港的月亮
翻譯成樂海崖的月亮嗎？
我可以把唐詩的具體意象
翻成異國的言語
而不必細分時態和人稱
不必用上解釋性的語法嗎？
　天氣冷起來了
樹都長出了紅葉
我們沿路散步
想起朋友在不同的地方

天氣逐漸陰暗
　隱去了唐詩裏的自然意象

亮起來是更具體的異國的名字
TACO BELL
JACK-IN-THE-BOX
SAFEWAY
　　我們走過
　覺得冷
菊的意象出現得多？還是
蘭的意象出現得多？
叫不出異國的花草
我看出現得最多的
還是黑暗的意象

在空洞的街頭
等一盞永不轉綠的交通燈
月出驚起汽車
在黑夜裏斷續鳴叫
這裏是什麼地方？
　公路伸向漠漠的遠方
　沒有帶一張地圖所以迷路了
　坐在長椅上候車的女孩問我們時間
　我沒有戴錶所以不知道
　今天到底是中秋還是重陽呢？
　沒有帶日曆所以不知道
具體的名字
31 ICE CREAM

SOUP EXPRESS
SUN'S KITCHEN
我其實並不喜歡在一首詩裏
用上太多外國食店和超級市場的名字
只是無從用唐詩的言語
描繪一個陌生世界的細節

二、
馬路更冷更空寂了
我們還要在這些路上徘徊嗎？
還要抬頭看見
月

沒有任何後設修辭語
孤獨地在天空的位置上？
漸漸走近了
冰淇淋店
獨角獸書店
現在我比較知道我們在哪裏了
過去住在這裏的朋友
告訴過我們這所舊書店
今夜店裏溫暖橙紅色牆邊排着金紫的書
因為想起朋友
我們吃一杯大的瑞士香橙
高度具體的冰淇淋
冷
逐漸溶化

記得那時在香港
我們談法蘭克・奧哈拉的詩
直至凌晨一時
我們大笑
　連椅子也坐破了
有沒有人在月昇的時候想起我們？
我們將來有一天會再坐在一起談詩
會沒相干地說起今天
那時，住在書店附近
樹叢的那兒
瀕海的房間

三、
不知道海上的月亮在等待誰呢？

只見到海波在靜靜地閃光
走在路上的人想到屋裏的人
家裏夜深坐着的人說到了遠行的人
我們的房間就在樹叢背後
你不如上來坐坐吧
現在這異地的房間
連一張具體的椅子也沒有
倒是有一個半具體的
通電有點問題的咖啡壺
可以弄一壺不太濃的茶
適合胃病的人喝的
涼風從天邊吹起了
你們現在在不同的地方如何了呢？
抱膝坐在燈前伴着影子

沉默坐在窗前聽着雪花
在海邊是誰初見了月亮？
海上的月亮哪年初次照見了人？

我們的房間就在樹叢背後
窗前的霓虹燈會逐漸沒入黑暗
室內的暖氣會發生問題
我們圍坐一起談詩
我們一同迎着海邊初生的明月
我們各自在不同的地方
煮一壺茶讀一首唐詩
異國的晚上同在一起
新識文字我們的舊相識

一九七八年，聖地牙哥

月夜懷人現代版——樂海崖的月亮

李孝聰

也斯在一九七八年到美國讀書，初期，他刻意減少創作，專心寫論文，但當想起朋友時，仍禁不住寫詩的欲望。〈樂海崖的月亮〉便是他在中秋節，飯後寫給好友鄭樹森的詩。鄭樹森寫過一篇談「唐詩的意象」的論文，所以也斯以此詩回應，和他開一個善意的玩笑。

雖然也斯在詩中一再提到在現代時空寫古代意境的煩惱：「我可以把唐詩的具體意象／翻成異國的言語／而不必細分時態和人稱／不必用上解釋性的語法嗎？」或「我其實並不喜歡在一首詩裏／用上太多外國食店和超級市場的名字／只是無從用唐詩的言語／描繪一個陌生世界的細節」，但上述詩語表達和轉換的問題其實卻無礙也斯詩情的抒發。

也斯以月亮起興，在異國空間、西方語境中融合了唐詩中很多關於月亮和友情的詩句（王維〈鳥鳴澗〉、張若虛〈春江花月夜〉、杜甫〈月夜〉、〈天末懷李白〉、張九齡〈望月懷遠〉、王勃〈送杜少府之任蜀川〉），對月夜懷人作出精彩的現代演繹，難怪詩人王良和在評論此詩時說：「這是一首理性思考與感性體驗都平衡得很好的作品，記錄了初到美國的真切感受，結尾有懷人的感性筆調，有相聚的溫暖時空，『明月』和『唐詩』成了友情的連繫。」[3]

今天，也斯已到了另一時空，但我們仍能感受到詩中溫暖的情意。

---

3 王良和：《打開詩窗：香港詩人對談》，〈蟬鳴不絕的堅持——與梁秉鈞談他的詩〉，香港：匯智出版，2008。

雲游

即使白雲美麗你也不能住在裏面
機翅吞沒了
　　屋宇
　　　山脈
　　　　和海灣
熟悉的城市遠了
　　進入白雲
美麗你也不能住在裏面
台北、東京、火奴魯魯
看盡人間的黑暗與燦爛
我們已飛到黑暗的隧道盡頭

睡過又醒來
然後光亮了
前面一脈嫣紅
微黃
粉藍
黑暗撕開又縫合
藍色漸漸稀淡了
背後的人情遠了
我拿着一卷喜愛的墨跡
卻是進入無人的空中
行囊中的唐詩
化成陌生星球的碎片
雲變成岩石
岩石再軟化成雲

絮絮片片、東邊日出
西邊雨，道是無晴卻有晴
夜泊東京的高空
沒有鐘聲
　　到客船
驛站窗外一株株樹往後移
旅途中人們睡了又醒
往哪兒去呢
喝茶，喝酒
　　微醉了
窗外微微有雨
不，沒有雨
　　只是落着石頭
藍色已稀薄得看不見了
　　又沒入黑暗

睡覺吧
　忘掉一切
不，你要回到地面
　　出閘
拿着世界的證件
　　等待
你提一生沉重的行李
來自不同國家的負累
天亮了
不，雞還沒有啼
火奴魯魯的藍天在民航機翅下
南邊有溫暖的陽光北方有雪
你來了又去了
但願在有雪的地方又怕雪傷害你

現在你穿着過多的衣服你流汗
並不如想像的自由
你好像越過了空間又跨過了時間
到頭來你還是局促在座位上
你飛翔
　　又落下成為積雪
你舉起杯
　　杯中冰塊不溶
春天來時雪就溶了
春天什麼時候來呢
杯子的溫涼裏有人間的晴雨
各自東西流去
窗外宇宙的花樹化為銅柱
在你抵達的驛站上

發出金屬冷冷的聲音
你還在找尋
在那還未成形的早晨的雲霞之間
黃色顯現又漸漸隱去
一團團的
　　微紅的光
在前面在前面
一個好晴天
舊歲隨着一個喝盡的酒杯拋去哀愁嗎
春天會帶來物色新鮮嗎
可是我又記得
尋常的日子我們在人世的關連
淡素的雲海
　　要去作人間的雨嗎

我在看我在等待
雲上的光說晴天在前面了
但為什麼我又只見到街頭永不消溶的積雪
春天雪來就溶了
而我是在一個沒有季節的空間航行
前面只是無晴的空漠
伸出手抵到玻璃是寒冷的
人們攪動沉濁的睡眠
從日到夜
　　　從春天到冬天
都掉失在
　　　雲堆外
夜半
　　沉沉的馬達聲
　　　　獨自響着

為什麼把落花吹來呢
我能把春天帶給冰雪嗎
還是冰雪會令我凝結
臨着泉水
還有垂楊拂着酒杯呢

不，有人把酒杯收去了

沉默
你看着外面安靜的荒涼
雲影變幻
顏色瞬息消逝
即使白雲美麗你也不能住在裏面的

一九八一年，聖地牙哥

反浪漫的雲游

李孝聰

一般人心中的雲游是浪漫的，但也斯在〈雲游〉一詩的首句便說：「即使白雲美麗你也不能住在裏面」，真可說是大煞風景。

詩人為什麼會這樣說呢？一九七八年，也斯離開香港到美國深造，一九八一年曾短暫回港一個月，重回故地，也斯發現短短幾年間，香港的變化頗大，有些受到衝擊。在回美的旅途上，想到故土遠了，異地仍是陌生，離開親愛的家人，學業與前程又未定，個人與文化的因素交集，使他心情浮懸不安，這詩描繪的便是他回美飛行旅程中的感受。

詩的開始，飛機離開香港，進入雲間，在空中穿越不同時間（日與夜）和空間（台北、東京、火奴魯魯），很多人以為雲游是逍遙超越的，但雲上的世界原來並不如想像，當你以為已飛到黑暗隧道的盡頭，原來卻是進入無人的空中。詩中也斯反覆表現出他不能忘記人世間的種種牽絆，他的行囊中帶着「喜愛的墨跡」、「熟讀的唐詩」，心中又有「人間的晴雨」、「人世的關連」，所以他在未成形的早晨與雲霞之間，「游」於猶疑與肯定，現實與夢想。〈雲游〉中流露出的浮懸情緒，反映了他在留美期間，面對生活變化時的心理狀態。如以此詩與他抵美不久時寫的〈樂海崖的月亮〉比較，〈樂〉詩的情緒較愉悅溫暖，此詩則鬱結猶疑，反映出他在美幾年間心態的變化，值得細味。

給苦瓜的頌詩

等你從反覆的天氣裏恢復過來
其他都不重要了
人家不喜歡你皺眉的樣子
我卻不會從你臉上尋找平坦的風景
度過的歲月都摺疊起來
並沒有消失
老去的瓜
我知道你心裏也有
柔軟鮮明的事物
疲倦地垂下

也許不過是暫時憩息
不一定高歌才是慷慨
把苦澀藏在心中
是因為看到太多虛假的陽光
太多雷電的傷害
太多陰晴未定的日子？
我佩服你的沉默
把苦味留給自己

在田畦甜膩的合唱裏
堅持另一種口味
你想為人間消除邪熱
解說勞乏，你的言語是晦澀的
卻令我們清心明目

重新細細咀嚼這個世界
在這些不安定的日子裏還有誰呢？
不隨風擺動，不討好的瓜沉默面對
這個蜂蝶亂飛，花草雜生的世界

一九八八，一九八九年

關於〈給苦瓜的頌詩〉的回憶

李孝聰

也斯喜歡苦瓜，曾不止一次寫苦瓜，苦瓜有什麼吸引之處呢？他說：「苦瓜上的皺紋令我想起老人家的經歷——像曾經過文革吃過苦的知識分子，做了許多事，苦了許多日子，卻蘊藏了豐富經驗，累積了智慧，仍然帶着與人為善的高尚素質。」[4] 有了這個提示，〈給苦瓜的頌詩〉字裏行間的意義便豁然開朗了，原來詩中的「你」是經歷文革的老一輩知識分子（如沈從文），詩中「反覆的天氣」是內地動蕩的政治形勢，「雷電的傷害」是指突然而來的打擊……詩人託物寄意，寫出了他對前輩文人的欣賞、尊敬，歌頌在混亂乖離世代中的良好素質。

詩寫於一九八八年，讀到這首詩時，我想起了那年在北京見到的沈先生夫婦。《大拇指》同人在一九七九年曾北上訪問沈從文，我們在小羊宜賓胡同的昏黃燈光下，坐在沈先生夫婦的床上與他們夜談（因為不夠椅子），他們身處狹小的房間，兩人只能輪流用一張小桌子工作，電壓不

4 〈蟬鳴不絕的堅持——與梁秉鈞談他的詩〉，見王良和編著《打開詩窗——香港詩人對談》，（香港：匯智出版，2008）。

足，開了暖爐便會導致整個四合院停電，房子逼仄，卻因他們溫文儒雅的氣質，寧靜安然的神情而使人覺得從容自在。我們印象最深刻的是沈先生面上的皺紋，沈夫人粗糙的手掌，是怎樣的經歷使出身名門的沈夫人的手變得比一個工廠女工更粗？離開的路上，大家都默默無語。回港後，我們做了一個專輯，刊在《大拇指》第一百一十六期。也斯在美看到了，也曾在文章中回應。

幾年後，讀到〈給苦瓜的頌詩〉時，我再一次為沈老所遭受的「雷電的傷害」，所經歷的「陰晴未定的日子」難過，另一方面為他「把苦味留給自己」[5]、「堅持另一種口味」的苦心而感動，為也斯能說出我們心中的感受而欣慰，也斯實在太瞭解沈先生了。

---

5 當年編者在文章刊出後曾寫信給沈先生，沈老沒有回覆，在北嶽文藝出版社出版的《沈從文全集》(2002)，26卷，頁99-101中，沈先生在一封信中說：「此外香港中文大學學生出了個《大拇指》專刊，有二三篇訪問記，都寫得極有分寸，也有感觸。事實上，這些年輕人可料不到為我叫屈是不必要的……至於別人的『抱不平』，也只會增加我的負擔。為他們『明天』擔一分心！因為事實上我已得到的比應得到的好處過多，虛名過實，易致奇災異禍，我那裏還會感到什麼不平？」(《沈從文的後半生》，台北：麥田出版社，2015)。這段文字解釋了沈先生不回信的原因，也可說是「把苦味留給自己」的一個註腳。

雨後的歐洲

暴雨中我躲入教堂，肅穆的氣氛裏有人在沉思，有人在工作。你在這裏多少年了？經歷了多少戰亂與和平、多少起義與鎮壓？流離的民族長途跋涉可曾在這兒得到庇護？乞求的可得到布施？傷口可得到料理？

我在陰冷裏打寒顫。你好似沒聽到我的祈禱。你的四壁也斑駁了，古老的敘事變成了浮飾，斑爛的玻璃在光影的播弄下幻變出詭異的歷史的偶然與必然。

外面雨下個沒停。在動物骨骼砌成的廢墟裏，在傷疤纍纍的地圖上，在半拆和新建的牆中間，在海藻纏綿蕪雜的潛意識中相遇，我參觀了一場又一場因歧見而生的炮火，由偏見而來的屠殺。

我抹去頸上的雨水，想找個位置好好坐下來休息一會。陰冷的氣氛的確適合沉思。可你也覺疲累了？你沒有回答我，也許你聽不見，吸塵機的聲音太響了，你正忙於每日早晨勤勞的打掃。

一九九一年

雨後的歐洲[6]

黃楚喬

我們三人一起走進教堂，外面是否下着暴雨已經記不清楚了。記得最近一次探訪住在 Napanee（納帕尼）朋友的途中，在他車子內，他問我一個問題：經常觀察，留意及探討新經歷的事物，會不會令人疲憊不堪呢？當時我答他說我並沒有留意啊。我沒有想到他詢問的時刻，同時也是在反省自己。現今我在想，你也許是會經常疲累的。在人生旅途上不停奔波、寫、想、工作和追尋，是處於一種快樂並疲累的狀態。你抹去頸上的雨水，找了一個好位置坐下來休息，你開始寫一首詩。你問是誰覺得疲累，是坐着沉思，右手托着下巴的瑪利亞，還是在推動着吸塵機的婦人？又或者，你是在問自己？那個年頭，我們都是處於一種快樂並且疲累的狀態，都不能自已，把高速轉動的齒輪拖慢下来保養生息。已經十年了嗎？此時我在翻看那年我們在東歐旅行你寫的詩，一點一滴的過往，你的音容笑聲，猶在眼前。

6　一九九一年，也斯與黃楚喬、李家昇同游歐洲。

渡葉

這一葉是碧玉還是木頭的輕舟？兩岸啼聲不住
卻擱淺在機場移民官員肘旁，伴着眾人輪候隊伍

海伊達族人的神話在我身邊：小熊父親抱着小兒
背坐船首回看昨日；母親辛勤划水望向孩子的前程

舟上有利齒的海貍揮槳向前，有鯊女暗通海洋無邊神秘
豺狼爭利踐踏誰的脊樑？被強徵入伍者默默助航但謀生計

我們會不會永遠失去了高瞻的族長和他的言杖？
只有水陸兩棲的青蛙來往穿越兩個不同國度的邊界

並非穿梭的太空人帶回逍遙遨遊的神話，只是
一個孤獨的父親來回穿梭銜回沉重的枝葉建新巢

思慮令人衰老，腸胃和皮膚的疾病蔓延，往返不見輕易
不似昔日高人一葦渡江，只是可疑的護照戳上斑駁的印記

把一所房子捲成一副鋪蓋總怕有種種差池，漏失了
熟悉的語言與泥土，連根拔起好像雪雁向南展翅

穿越冰封之地尋覓溫暖的港口，卻又老怕招惹
兩幅土地排斥：一片葉哪裏載得動這麼多煩憂？

一九九八年十二月

Bill Reid 的雕塑（溫哥華機場），也斯攝影。

動物也移民——看也斯的〈渡葉〉

張灼祥

從一個地方「漂流」到另一個地方，可沒有「輕舟已過萬重山」的灑脫。不可能的，是要「擱淺在機場移民官員肘旁」，是要「伴着眾人」排隊，多等一會的。

移民，從一個城市遷至另一個城市，從一個國家移居至另一個國家，從來都不是一件容易事。離境出境，來到機場、已經是最後一步了、再多等一下、等一兩個小時、不是問題了。過了移民局，新天新地，就在眼前展現。

也斯的太太 Betty 告訴我：「也斯的〈渡葉〉一九九八年寫於溫哥華。溫哥華機場有 Bill Reid 的大雕塑，不同種類不同個性的動物，帶着不同的希望，同坐一條小舟渡海，從一個地方移居到另一個地方。」

有說我們都是「港漂」一族，從一個城市來到另一個城市。認為找到安居之所，可停留下來了。在一個地方生活那麼多年，都習慣了，該不會再「漂流」了。

也斯的孩子已移居到溫哥華，他仍留在香港工作。

也斯不是「穿梭的太空人」、「逍遙遨游」香港與加拿大，他只是「一個孤獨的父親來回穿梭」兩地。

一個人，離開了「熟悉的語言與泥土」，可會有「連根拔起」的痛苦？

為了過不一樣的日子。海狸移居「他鄉」，人也一樣、總有不得不「生活在他鄉」的理由。

也斯該不是「海狸」，會不會是「水陸兩棲的青蛙」，為了生活、不得不「來往穿梭兩個不同國度的邊界」？

帶一枚苦瓜旅行

我中午的時候煮來吃了
切開來，炒熟了
味道很好，帶點苦，帶點甜
帶着你從另一個地方帶回來的好意
在你帶着它回來的途中，在你身邊
它一定是逐漸變得溫柔了
你是怎樣帶着它的？
是托運的行李？還是自攜的行李？
它在飛機上有沒有東張西望、有沒有
因為肚子餓而哭了？因為遠離海拔而暈眩？
我說我這邊滂沱大雨，你說你那邊

陽光普照，你正要出發來我的城市
所以你相信可以帶着它跨越
兩地不同的氣候和人情
我看到它也就相信了
你讓我看見它跟別人不一樣的顏色
是從那樣的氣候、土壤和品種
窮人家的孩子長成了碧玉的身體
令人舒懷的好個性，一種溫和的白
並沒有閃亮，卻好似有種內在的光芒
當我帶着這枚白色的苦瓜乘坐飛機
來到異地，踏上異鄉的泥土
我才想到問可曾有人在海關盤問你：
為什麼不是像人家那樣是綠色的？
仔細檢視它曖昧的護照，等着翻出麻煩

無辜的初來者背着沉重的過去靜候着
還是那令人舒懷的好個性，收起酸澀
平和地諒解因工作辛勞而變得陰鬱
兩眼無神且苦着臉孔的移民局官員
我帶着它愈走愈遠，像我的說話
愈不着邊際，愈是想包容更多
只緣我不願漏掉細節，關於一枚苦瓜
如何在夜晚輾轉反側，思念它離開的同類
它的呼吸喘急，可是它懷念瓜棚下
那熟悉的位置、外人或覺瑣碎的感情？
你總是原諒我言語的陋習，當我問：
你什麼時候回來？你只是回應：
你什麼時候走？一個離去，一個
歸來，你接受了我言語的時態

滑溜而不可界定。我吃苦瓜
我吃過苦瓜才上飛機
為什麼它又長途跋涉來到我的桌上
是它想跟我說別離之苦？失意之苦？
它的身體長出了腫瘤？它的臉孔
在孤獨中長出皺紋了？
老是睡得不好，老在凌晨時分醒來
睜着眼睛等到天亮？在那水紋一樣的
沉默裏，它說的是疾病之苦？
是沒法把破碎的歷史拼成完整？
是被陌生人誤解了，被錯置
在一個敵意的世界之苦？
但它的外表還是晶瑩如玉
澄澈得教人咀嚼可以開懷

我在說每個人該好好說的
明白的話裏說我自己想說的
混亂的話，我獨自擺放杯盤
隔着汪洋，但願跟你一起
咀嚼清涼的瓜肉
總有那麼多不如意的事情
人間總有它的缺憾
苦瓜明白的

一九九八年八月，柏林

不苦的苦瓜（〈帶一枚苦瓜旅行〉）

迅清

讀也斯的〈帶一枚苦瓜旅行〉，一首寫旅行的詩，才發現有詩中那麼多的問號。這枚苦瓜，本來是朋友由外地帶給他的禮物，所以即使苦瓜的味道是苦，朋友的好意卻是甜。不過在品嚐的同時，想到了朋友如何把它帶來，從而聯想到苦瓜像一個飄洋過海的人，來到異地，首先遇上就是移民局官員的刁難，然後是種種不適應。但是更苦惱的是，這些問題，愈說愈不清楚，愈說愈被誤解，無法言喻。

詩中的問號，就像不斷的懷疑，多種的不肯定和心情的矛盾；是這樣，也許是那樣；是離開，也是回來。但苦瓜個性溫和，外表如玉，吃下去還有甘味。也斯帶這枚苦瓜上路，回想朋友的美意，在面對波濤洶湧的人生中，反而開解了不安的心情。

這枚苦瓜，跟一般市場上常見到的綠色苦瓜品種不同。詩中說它的顏色不一樣，那獨特的白色外表，就是原產自台灣花蓮的白玉苦瓜。那次我旅遊台中，在菜市場見過這些在攤檔上出售的白玉苦瓜。它們的外表比綠苦瓜肥大，白得像美玉，味道也較溫潤。吃了它，才知道那份透心的不苦的清爽，與別不同。我買了一枚回來，送給一個愛吃的朋友。不過沒有像也斯，寫出一首如此有意思的詩。

愛麗斯的瘋茶會——愛麗絲在深圳

愛麗斯記得好像在開茶會
吃了像糕點的石子就會變小
愛麗斯不知道自己是誰
靠着一株黃花菜歇歇
一天裏變大變小變了這麼些回
毛毛蟲老對迷糊的現況說長話短
我看這湯裏的胡椒一定擱多啦
一個人總不喜歡老打噴嚏
四川廚師在深圳照顧來自多倫多的胃口
既是公爵夫人就得跟皇后玩槌球去
在不同城市亂走，總會走到什麼地方？

鞋匠和三月兔都瘋了
煙囪像耳朵屋脊都是茸毛
不管移民到哪裏，他都會住得很舒適
就是帽匠老要知道今天是什麼日子
他拿錶在茶杯裏浸了浸
往耗子的小鼻孔裏倒茶
老是學把自己的話說成外國語
跟時間這麼稔熟時間變成陌路人了
心牌皇后召集雜七雜八的音樂會
蝙蝠或是星星，在天空上
所有失去的東西像個茶盤兒那樣飛
皇后快要砍掉他的頭了
老是吃茶點，誰也沒時間洗盤子
每一個新朝代總比上一回更古怪

總是有更狼藉的杯盤
這兒像熱帶花園，可又有中世紀古堡
景緻是積木，世界光臨邊城的大花園
你面前一杯東西，有山楂有巧格力
還有軟糖扭來扭去的粉紅色吸管
這巧格力不知是用什麼假東西做的？
紙牌大臣花匠在給白玫瑰塗上紅色
扭着紅鷺鷥的頸子打槌球
真是非常困難的事情，像記憶
素甲魚的前身真是道地的葷甲魚嗎？
前世太遙遠，現在不管什麼季節
稀奇古怪的水果都放滿攤子
日子就用在辨別真假的味道上
建築地盤的鶴腳和高樓一樣，愈來愈

纖瘦：這是現代生活的誘惑嗎？
茶裏擱的是遇水發脹的英國人
還是來自寶島的迷幻泡泡？
我們喝下去
便總變了另一個人

一九九八

關於〈愛麗絲的瘋茶會〉

李家昇

九七年我離開香港之後，也常有為香港的客戶做一些自由度較高的影像工作。有一趟是要往深圳，拍攝一幢十多層的平房改建成的一所精緻酒店。

在深圳的第一天，也斯同行。我們在酒店內視察空間，也免不了吃喝談天。也是聚舊，也是探班，也是作為我與也斯正在合作中的創作計劃「Foodscape」（食事地域誌）所作的鋪陳。

酒店的主人後來問我可否將開幕那天留下的一些紀錄照，發展成為美術品作為酒店入口大堂的裝飾。我頓時想起了安地華荷。我琢磨着這項額外的工作，心想要是邀請也斯配合寫個短篇那是多麼好，把俗與雅之間朦朧的邊緣線進一步豐富起來。文字影像除了放在牆上，也許還可以做個小書放在每一個房間。我對也斯說及這個建議，他答應了。也斯後來沒有寫出那個短篇，卻交來一首詩〈愛麗絲的瘋茶會〉。我猜想也斯不希望他日他人按情節人物對號入座。較不直接的媒體，詩也許產生更好的作用。這詩後刊在一九九八年也斯設計的「偽時裝」展覽場刊。該詩後來如計劃與我所做的影像一同展示在酒店大堂一道高牆作為裝飾功能，由於內文字數不多，打消了作為一本小書的念頭。

〈愛麗絲的瘋茶會〉還有一點餘波。後來我計劃出版一系列詩與攝影的電子書：《半圖社》。每書只採用一首詩，左邊是圖，右頁是詩的數行。〈愛麗絲的瘋茶會〉收在第一冊。後來生活來了個大轉變，這個出版計劃便擱下了。不過，這個以一首詩作為一本書的意念，也許為後來和也斯合作的「蔬果說話」（香港文化博物館，二〇〇四）[7]留下了一個伏筆。

7 「Foodscape」（食事地域誌）是也斯與李家昇合作的跨界創作，曾先後在多個國家作展覽。「蔬果說話」後成為香港文化博物館舉辦的「香港食境詩」展覽的其中一環，展覽以食為主題，由也斯、李家昇、陳敏彥三人合作，結合文字、圖像和裝置三種形式，探討文字與視覺閱讀的互動關係。

盆菜

應該有燒米鴨和煎海蝦放在上位
階級的次序層層分得清楚
撩撥的筷子卻逐漸顛倒了
圍頭五味雞與粗俗的豬皮
狼狽的宋朝將軍兵敗後逃到此地
一個大木盆裏吃漁民貯藏的餘糧
圍坐灘頭進食無復昔日的鐘鳴鼎食
遠離京畿的輝煌且試鄉民的野味

無法虛排在高處只能隨時日的消耗下陷
不管願不願意亦難不蘸底層的顏色

吃久了你無法隔絕北菇與排魷的交流
關係顛倒互相沾染影響了在上的潔癖
誰也無法阻止肉汁自然流下的去向
最底下的蘿蔔以清甜吸收了一切濃香

二〇〇一年

吃的文化（〈盆菜〉）

迅清

也斯的〈盆菜〉一詩中提到的「宋朝將軍兵敗」，就是指南宋末宋帝罡、宋帝昺聯同陸秀夫、張世傑避難到此所吃的食物。因為不夠器皿盛載煮好的餘糧，只好拿木面盆盛載，將士圍盆而食。廣東東莞和香港新界後來有此吃法，證明這一帶民間風俗一脈相承。也斯的詩題為「香港的盆菜」[8]，說明了新界的鄉民，可能有比較獨特的材料，煮法和醬汁。細心數一數，出現在詩中的材料，包括燒米鴨、煎海蝦、五味雞、豬皮、北菇、排魷和蘿蔔。排放這些材料也有次序一層一層由上至下排好。上層放的是名貴的食材如燒米鴨、雞和蝦，底層是蔬菜和蘿蔔，吸收肉汁。有些人也喜歡加入花膠、蠔豉、鯪魚球、枝竹和西蘭花等等和其他名貴食材。盛載的器皿不限於木盆，加上速遞食物流行，不少商舖已改用金屬盆和陶瓷盆方便運送。我曾經參加過新界鄉間的百人盆菜大宴，在北風凜冽中，吃着熱騰騰的食物，別有滋味。也斯寫吃盆菜，寫出了吃的過程，大家趕快吃，撥亂了一層層鋪好的食材，本來有好的秩序，最後卻互相顛倒，混合在一起。一般人追逐肉的美味，但詩人卻覺得鋪在底層的的蘿蔔吸收了流下來的肉汁，反而更美味。詩人吃盆菜，的確有一番獨特的體會。

8　這首詩原收錄於 2006 年牛津出版的《蔬菜的政治》詩集中，題為〈香港盆菜〉，但在 2012 年出版的中英雙語版《蠅頭與鳥爪》和 2014 年天地版的《也斯卷》中都改為〈盆菜〉。

做餅

今天是哪位聖人的節日？
整個村子的人來到修道院
大家一起做餅

她們從花園採摘成筐的葉子
倒出來，切成碎片
他開始搓一團麪粉，加上鹽

他在搓好的麪粉上加上
乳酪、橄欖油和雞蛋
她把青綠的葉子切成一絲一絲

大家把切碎的葉子放到麪粉上
搓麪粉，摺好，捏邊，壓扁
放到岩板上烘燒

大家一起做餅：來自村子裏的
一家人：開店的、教書的
小孩子，還有老去的嬉皮士

岩板上的餅燒好了
大家分來吃——，唔，真美味！
吃過了第一輪，再搓麪粉
再從花園裏採來新的葉子
這是誰的節日？
這是花園的節日

記花園的節日 rendez-vous aux jardins.
二〇〇五年，沙可慈修道院

沙可慈詩抄〈做餅〉——塵眼有菊花

馬若

也斯喜游，游於城也游於郊，游於街前巷尾或游於籬頭市集，游於事物與人情則不管風雅抑市井，更樂游於山水之間靜觀天地變化而不拒恣情奔放，他把所游所見所感抒發於雋永的詩文，都令人愛讀。我喜愛也斯《普羅旺斯的漢詩》這本詩集，返璞歸真，自然而不賣弄才識技巧。其中收錄了沙可慈詩，這一系列作品，也許沒有什麼炫人耳目的文字，以及什麼氣勢磅礴的句子，也斯固不是什麼詩仙、詩聖，亦不刻意追求偉大，但我想說沙可慈詩抄一系列作品，淡然親切，實在令人回甘。正因為也斯塵眼中自有菊花。

也斯這一首詩〈做餅〉，沒寫餅的特質，卻不厭其煩的寫做餅，從採摘葉子開始，然後搓麪粉，到烘燒，期間又添了不少人物的出現，他欣賞做餅由開始終到完成的一刻，他也彷彿參與其事，喜歡做餅時的過程，更喜歡分享那美味結果，而這結果不是因什麼聖人帶來，而是一些平凡的人物樂意用勞動去換取的成果，也斯沒刻意用上平凡的字眼，他透過村子的一家人，開店的、教書的、小孩子、老去的嬉皮士讓我們去知曉，那平凡的人，平凡的生活，在做餅的互動的過程中，充滿祥和的人情味，感受到溫暖和愉悅，看到這個地方雖則日子過得平淡簡單，但並不死氣沉沉（所以也斯在後來帶病時，常懷念這段日子，相信可以減輕他的煩惱和痛苦），而是絲絲滲出生意，人和人之間，即使來自不同地方，可以共同一起生活，活出和諧的氣氛。〈做餅〉這一首詩就是一杯湯泡菊茶。

Limes[9] —— 懷德國友人 GM

你指給我看昔日羅馬人留下來的邊界
倦游歸來，問你這字的意思
你耐心地為我們翻開大字典

來到了土地的邊界，那裏昔日有
圍牆和碉堡？外面是無窮的可能和
危險？多少次我來到路的盡頭
國家疆土的邊界，個人知識的邊界
日常感情起伏的邊界，舉步猶豫……
但願你還在這兒，溫和地微笑
回答我無盡的問題

關於人生中各種飄浮的字辭

你手上好似總翻開巨大的字典
你是古典的廊柱，優雅地支持這個世界
吹奏單簧管，撫慰並平衡我們的偏激
手擱在駕駛盤上，穩當地把我們帶到
要去的地方去

我如何可以接受這突然而來的噩耗呢？
荒謬的意外把一切抹去
我們不再活在理性邏輯的範圍裏面了嗎？

9　羅馬人修築以抵禦日耳曼人的長城。

曾經指給我看路旁城市的風景線
如今縱橫公路上的交通竟也傷害了你
你這不介意越過邊界支持其他民族的
如今真的越過我們所知的邊界
愈去愈遠了

恍如天鵝沉進水的新涼，人醒在時間的那頭
願你在邊界的那邊，找到另一所音樂農莊
更優悠地玩你的音樂

二〇〇六年

Limes

劉偉成

邊界與中心的對話，是在梁秉鈞詩歌中常出現的母題，其中〈Limes〉的演繹是特別的：以往大多是邊緣對中心喊話，例如在〈邊葉〉中：「請不要帶着君臨的神色俯身向着我們／高唱激昂的雨曲，或是附和風傳的靡音／邊緣的花葉有自己的姿態，你可留意？你會不會細讀？獨特的葉脈如街道縱橫」如此糾結因彼此互相依存牽扯。在〈Limes〉中，詩人憑弔往日的「邊界」，並聯想到人總有探索不同邊界的衝動：「來到了土地的邊界，那裏昔日有／圍牆和碉堡？外面是無窮的可能和／危險？多少次我來到路的盡頭／國家疆土的邊界，個人知識的邊界／日常感情起伏的邊界，舉步猶豫……」如果找到自己的領域只會建立起「圍牆和碉堡」，那麼大概只會引發〈邊葉〉所紀錄的那種喊話。懷念的友人 GM 每當找着自己有興趣的領域時，着重建立的不是「防禦工事」，而是成為「古典的廊柱」，並「優雅地支持這個世界」，無論是哪方人士到來，他都歡迎並熱情導賞這個吸引他駐紮的領域……就是如此一位既可當「廊柱」又願意探索不同「邊界」，發現並探掘新領域的朋友，給詩注入了張力——他既有堅持的定力，又有流浪冒險的壯志，如此一靜一動，世界便因而敞開了許多美好的領域。〈Limes〉這首詩收在《蔬菜的政治》中，「蔬菜」和「政治」之間同樣存在一種邊緣與中心的糾結關係，〈Limes〉這首詩給這個母題帶來了新的向度。

在詩人的追思會上，他的朋友朗讀了這首詩，很動人且寄意深遠，較之反覆向中心喊話，這詩顯現的向外敞放的從容，似乎是詩人在處世上的新領悟和取態：「你這不介意越過邊界支持芸芸眾生的[10]／如今真的越過我們所知的邊界／愈去愈遠了」他去探索美麗新世界，但他的身影已成為支撐香港詩歌的其中一條「古典廊柱」。

---

10 出在《蔬菜的政治》詩集中，原作「你這不介意越過邊界支持芸芸眾生的」，但在中英雙語詩集《蠅頭與鳥爪》（2012）和《也斯卷》（2014）中「芸芸眾生」改作「其他民族的」，故選文用了後者。

馬蒂斯旺斯教堂

一切到了最後可以如此簡約
任天氣作主
陽光走它走慣的路
帶來四時不同的色彩
在不可逆轉的生命過程裏
也總有柔美的事物

你可以比梨子更綠
比南瓜更多橘色
如今賞盡生命的盛宴
但見：
母親，嬰兒

天空
雲朵
一個穿僧袍的人
葉子
花朵
生命的樹

我們坐在這兒
看着從玻璃傳來的光影變化
不同的顏色
在我們的臉上變明變暗

每個人都可以
懷抱希望

二〇〇六至二〇一一

導賞

馬蒂斯旺斯教堂

葉曉文

二〇一一年我為也斯繪畫詩集《普羅旺斯的漢詩》的插圖，詩集當中有些是詩人舊作，有些是新近完成的作品，〈馬蒂斯旺斯教堂〉正是後者。馬蒂斯和夏迦爾均屬也斯所愛的畫家[11]。馬蒂斯是一位顛覆傳統、勇於創新的法國藝術家，為二十世紀初野獸派（Fauvism）的創始人，風格用色極為大膽、形象鮮明，善用平面及線條。晚年他多次接受開刀手術後需要使用輪椅，無法正常以畫布作畫，但藝術熱情依然不減，轉而創作剪紙藝術，展現非一般的生命魄力；而位於法國南部的旺斯教堂，正是由垂暮之年的馬蒂斯所設計。

此詩以簡潔的語言和深刻的意境，展現對生命本質的深刻洞察。「一切到了最後可以如此簡約」彷彿是一種宣言，設定整首詩的基調。透過提及「陽光走它走慣的路」和「在不可逆轉的生命過程裏」，詩人強調了時間不斷推進的性質，以及人們無法控制時間流逝這一事實；讓人不禁思考生命的脆弱與有限，然而，也顯現了它的獨特性和美麗。詩中充滿自然意象：「嬰兒」、「母親」、「天空」、「雲朵」、「葉子」、「花朵」和「生命的樹」，各種自然元素不僅反映了生命的繁

11 在散文集《山光水影》中，〈笑容可掬的臉〉寫夏迦爾，〈老人〉寫馬蒂斯。

茂，也象徵生命的連續性和世代更替。〈馬蒂斯旺斯教堂〉自有其內在的節奏和次序。「你可以比梨子更綠，比南瓜更多橘色」，以色彩暗示人生的豐富多樣。此外還流露出平靜和沉思的情感，透過宗教象徵如「一個穿着僧袍的人」，探索更深層的宇宙和精神聯繫，引領讀者進入一種冥想狀態。從「陽光」到「生命的樹」，再到「我們坐在這兒」，詩人通過有序排列的意象，將讀者的視線由自然世界轉向人類內在世界，最終落腳於人與自然的和諧共處，並以「懷抱希望」作結，鼓勵人們超越現實困境，尋找永恆的價值。

羅馬尼亞的早晨

在院子裏吃早餐
一片葉子落下來
外面街上一個小孩子走過
一個中年男子騎着自行車轉回來

一位愛斯尼亞老學者
說他花了許多年時間
翻譯那沒人注意的
十七世紀西班牙戲劇：
《人生如夢》

一位芬蘭詩人
告訴我他年青時
流浪在印度
去尋找心中的詩
他的臉孔和他的T恤仍在反叛這個世界

一個年輕的女孩
彷彿剛走出大門
看見外面的世界
陽光很好，有點風
想着自己
和自己以外的世界
忍不住笑了

二〇一一、二〇一二

羅馬尼亞的早晨

劉偉成

〈羅馬尼亞的早晨〉收於《普羅旺斯的漢詩》的「新游詩」一輯內，詩人所謂的「新」，不單在於那是後來的新作，更在於新的觀照態度，正如詩人在詩集後記所云，集裏不少都是病中作，更多記錄對生活瑣屑的欣悅，筆調也變得明朗清新。

詩的第一節可說是一幅「走馬燈」的人生縮影：先是「外面街上一個小孩子走過」，小孩未定性總是整天想着往街外跑；接着「一個中年男子騎着自行車轉回來」，中年人「回來」，我們腦中不期然浮起經一天奔波後「鳥倦知還」的身影。最後則是「老學者」知所棲定地翻譯沒有人注意的中世紀西班牙戲劇，詩人特意以獨立新行強調劇名作為「剪影秀」的總結：《人生如夢》。雖云是夢，但接着兩個詩節卻是兩個真實的「生活案例」：一個是帶着強烈的波希米亞式反叛的個人主義者：「流浪在印度／去尋找心中的詩／他的臉孔和他的T恤仍在反叛這個世界」這三個句子的長短十分參差，最後一句更是全詩最長的一句，彷彿正要擺脫字數的羈絆，讀者默念此句時更好像聽到憤世青年喋喋不休的怨懟。反之另一個則是年輕開朗的女孩，此節則主要是用上短句，予人爽朗直白的情調，即使只是尋常的陽光和風，已足以令她「忍不住笑」。反叛與寬容，當你讀完詩人最後一本詩集，你會感覺到對於此時期的詩人來說，他應較傾向後者的生活取態。

《雷聲與蟬鳴》是梁的首本詩集，是他最受讚譽的一本，因它誠摯地記錄了寫作的初心。往日的「游詩」較矻矻尋找宏亮的「雷聲」，至於「新游詩」似乎較傾向細味「蟬鳴」——細碎、緜長，欲斷未斷的依戀⋯⋯就像那抹微笑。

大尾篤冬景

長途車尾站，陸地的
尖角。路旁老樹
黑幹上有綠葉

迎面一株老榕樹
自由伸展老臂
垂下綹綹根鬚

背後是不易攀爬的
八個神仙的山嶺
永遠俯視着我們

就近山邊佈滿老根
枝椏夾着飄動的紙屑
是一度意欲高飛的
風箏的殘骸

沒有路了？我們嘗試尋覓
穿過狹窄小路走出房舍
終看到：廣闊的湖水

這麼安靜，這麼寬廣
一頭白鷺獨立水邊
等待振翅高飛
天際有白雲

二〇一二

獨立水邊的白鷺

凌冰

長途車到了尾站，詩人來到「陸地的尖角」——大尾篤，沿用舊名，「尾」和「篤」都有盡頭之意，暗合也斯〈大尾篤冬景〉一詩的主題。

詩中充滿衰老、腐朽、死亡的意象，如「老樹」、「老榕」的「老臂」、「垂下鬍鬍根鬚」、「老根」、「風箏的殘骸」。「背後是不易攀爬的／八個神仙的山嶺／永遠俯視着我們」，求仙問道，尋求長生不老，只是一廂情願，相對永恆的，是周邊的山水。

在一片灰暗的冬景中，「路旁老樹」，「黑幹上」仍有「綠葉」，還吐出生機，點燃希望。「老榕／自由伸展老臂／垂下鬍鬍根鬚」，寫來渾然天成。當時也斯已身罹癌疾，仍堅持讀書寫作，參與文學活動，從街巷中靜觀萬物，在大自然中徜徉，這可能是詩人最後發表的一首詩，內心平和而恬靜。

詩人繼續向前走，「沒有路了？」只要「嘗試尋覓」，別受困於「狹窄小路」，「走出房舍」，突破客觀的局限，「終看到：廣闊的湖水」，豁然開朗的喜悅，不言而喻。

最後一節寫道：「一頭白鷺獨立水邊／等待振翅高飛／天際有白雲」，這頭白鷺，獨立水邊，等待振翅高飛，何嘗不是詩人心境的寫照？也許一如「風箏」一樣，「一度意欲高飛」，最終成為「殘骸」。這頭白鷺，能否重新振翅，此刻都無關宏旨。詩以「天際有白雲」一句收結，一如電影的空鏡頭，讀來尤有餘韻。

《游詩》後記[12]（節錄）

《游詩》這名字最先曾用在一九七四年一組寫廣州和肇慶的詩前面，那其實不是狹義的旅遊詩，因為所見的已經令人沒有心情游山玩水，所以想透過城市和山水去寫一些永遠牽連人的問題，或者像卞之琳譯奧頓詩那樣說，希望「叫有山、有水、有房子的地方也可以有人」。那一組詩，無疑是第一次離開了熟悉的生活環境，強烈地感覺到另外不同的生活方式而寫的。

這以後也有好幾次或長或短的離開了原來的環境和熟悉的生活方式。其中最長的一次是一九七八年至八四年在加州聖地牙哥。一個人置身陌生的文化之中，自然會忍不住對時間和空間敏感，對文化和言語反省，對事事物物比較異同，一方面尖銳地感覺差距，一方面尋求是否有共通的規律。

廣義的旅遊文學往往有放逐的哀愁也有發現的喜悅。這大概也隨每個人的所遇和所感有所不同。所遇和所感的關係表現在詩裏通常有兩種模式：一種我們可以稱之為象徵的詩學，詩人所感已整理為一獨立自存的內心世界，對外在世界的所遇因而覺得不重要，有什麼也只是割截扭拗作為投射內心世界的象徵符號；一種我們可稱之為發現的詩學，即詩人並不強調把內心意識籠罩在萬物上，而是走入萬物，觀看感受所遇的一切，發現它們的道理。我自己比較接近後面一種態度。

發現往往從漫游來。我們接觸一個地方，感動最深的，不是名勝古跡，而是花了一個黃昏在那兒漫步的一道小徑，或是環繞它走了一個早晨的廣闊的池。即使你站在那裏拍照留念，一幀硬照，還是沒法記下你來來回回、反覆從不同角度欣賞的所見。游是從容的觀看、耐性的相處、反覆的省思。游是那發現的過程。

游是空間的拓寬，時間的伸延。藝術的漫游，帶我們體會不同的空間和時間。當我們不得不局限在一個空間，我們的心可以在關心的另外一個空間漫游。活在現在這個時間，我們又神游於一個不同的時間，與一個心儀的詩人相見面。人世的種種羈絆，具體見於時間和空間的分割；藝術的漫游，未必能令我們完全越過這些限制，但有時給予我們懷想的安慰，有時帶給我們開啟的新境。

---

12 發表於《星島晚報．大會堂》，1985年5月8日。

輯二
也斯的神話

我常想把我遇到的人物和風景記下來，
不是為了紀錄，而是存心留神。
寫東西幫助我學習觀看，
找尋事物的意義。

《山水人物・前記》

灰鴿早晨的話

一隻灰鴿子飛過窗前，打一個旋，棲在對面屋子的窗簷上。孩子們從旁邊的窗裏拍掌逗牠。

然後再飛來一隻，再飛來一隻……一共來了五隻。有一陣子，牠們一起步伐整齊地在簷上踱步，短短的頸子一起一上一下地動着。然後，牠們的步子亂了，方向也不一致了。孩子們從旁邊的窗裏拍掌逗牠們。

這樣一個灰鴿子的早晨，可談的事情很多，但都忘了。既然準備說的話都忘了，那便說一些別的話，說說目前這一刻，這些灰鴿子。

不要想本來想要說什麼，不要想以前說過什麼。既然只剩下目前，便說目前的話吧。

奧非的故事告訴我們：他因為回頭看一眼，他的妻子便永遠消失了。

另一個聖經故事裏，有人因為回過頭去，結果變成了鹽柱。

這些都是不回顧的故事。

有時也覺得真像走索，沒有一堵可以扶手的牆，只是一個人搖搖晃晃地在走。

走索還好一點，至少腳下還可以踏着一點東西。有時覺得在一個真空的世界裏，四周都碰不到東西。沒有憑藉。沒有依賴。

錯過的東西便永遠找不回來了。

當一個人回顧過去，他多半是在尋找憑藉、依賴。

但像海明威小說裏說的那樣：一個人以前做過什麼都不算數，他每趟都要重新證實自己。

多容易的話，多難做的事。

忘記以前做過的事，認識過的人，一切從頭做起？這感覺有點像一個演員不穿戲服不念台詞便上場，難道不怯場嗎？算了，這是一場突發性的演出。

談起寫小說，一位朋友說往往覺得構思的時候已經完成了，總是想犯不着再寫出來。

那便寫些別的事吧，寫些新的事，說一些目前這一刻的話吧。

一九七〇年七月

灰鴿早晨後，浪游也斯遼闊的天地

肯肯

《灰鴿早晨的話》是也斯第一本散文結集，其中這一篇：

「朋友笑道，幾十年後我的孫女兒興高采烈地在一所減價的書店裏找到一本無人理會佈滿塵埃的你的書，她拿回家給我看，然後我會說，這傢伙，我從前也認識的……」「我也寧願這樣」。

我可是從來沒有機會表白，他自忖無人理會的書，如何啟蒙，擴闊我的視野，讓我得着。八十年代末我婚後移居客地，貨櫃裝箱工人溫馨提示，「三分一都係書，留低啦慳番唔少運費㗎。」他們哪裏知道，珍藏就是由這一本書開始。

一九七二年，我高中畢業，考不上大學，入職場受薪幫補家用。零用錢買來第一本文學書籍，就是《灰鴿》，用玻璃紙小心翼翼包好，熟讀，啊原來文章可以這樣表達，眼前人身邊事。

「不要想本來想要說什麼，不要想以前說過什麼。既然只剩下目前，便說目前的話吧。」筆下，分享眼前風景，還讓我認識，卜狄倫除了是歌手亦是個詩人，除了餡餅他還吃別的東西。鍾拜雅絲夏天的書《破曉》中說，只有你和我可以在每一個新臨的早晨裏幫助太陽升起來，如果我們不這樣做，它會沉進憂傷裏去的。

灰鴿早晨之後，因緣際會，成為大拇指一員，耳濡目染，進入也斯的世界浪游。文學推薦鹿橋張愛玲王辛笛沈從文葉珊鄭愁予瘂弦，書山就是這樣在床畔堆起來。電影推介荷索溫達斯小津，從此我爭取年假在香港電影節期間，一日三場港九兩邊走，有時跟大隊有時獨樂樂。也斯游學聖地牙哥，一九八四年我過訪，剛好博士論文 Thesis Defence ，我們預備花束試場後排靜坐等着送上，其後啤酒慶賀。翌日兩小時車程直奔洛杉磯奧運附設藝術節觀賞太陽劇團十二夜，記起他曾說「盲目反對權威的衝動逐漸減低，不再討厭莎士比亞了」。是日團員法文演出，他手持中譯本導賞，不減興致，謝幕也是一場表演手掌拍爛。回程公路上警車響號截停，原來車尾燈壞了，口頭警告放行，大家鬆一口氣，盡興而歸。

一條小小的街道

兩頭鴿子在屋簷上拍着翅膀，牠們互相撲到對方身上，牠們也許是在玩耍，也許是打架。也許，鴿子並不真是一種愛好和平的鳥兒。

在陽光下走路真是再舒服不過了，暖洋洋的，好像沒有寒冷便也沒有煩憂。屋宇窗外的竹枝上晾着數不清的衣被，一條條四方形的舌頭。玻璃窗上反映着一二線陽光，底下清涼的陰影裏不知為什麼傳出一縷白煙。

街道外的街道上傳來汽車的聲音。當你仰望時窗子裏有人把頭縮回去。不知是誰用玻璃鏡把一團光反照到天台的灰牆上。竚立在欄干旁邊的孩子回轉身走開。依稀的無線電的聲音應和着依稀的鋸木的節奏。小街上的風景：安靜而不死寂，安祥但卻不是沒有生氣。

你總可以找到一些這樣的街道的。在這一區或那一區，也許不完全一樣，複雜點或平板點，頑皮點或溫柔點。但問題是不常有一個陽光的早晨，不常有時間或不常有機會走過它。

一道鐵做的後梯生了鏽成了棕色，一面牆是斑斑的灰白色，在那麼多的孔眼中露出的一塊窗簾是陳舊的棗紅色。

不錯，牆上的水跡是在雨季留下來的，但相信雨水卻從未高到淹過門；即使牆邊偶然有一條小縫隙，這也是由於時間而不是由於地震。我想起早幾天新聞裏說的哥倫比亞的豪雨成災，還有年初的秘魯大地震。這裏跟那裏彷彿是兩個世界。

喜歡拉丁美洲的文學，那些國家在動蕩不安的政治背景和地理環境中產生了優秀的作品，是真正動人的。我怎能忘記加比奧．加西亞．馬基斯[1]筆下魔幻般的雨災呢？

但是，在這陽光的早晨，我也喜愛一條小小的街道。這安靜的世界，被漠視而不埋怨，被低估而不分辯，自有它的自足的美貌與風姿，這安祥是完美的。

一九七〇年十一月

1 現通譯為加西亞．馬爾克斯。

一條小小的街道

小藍

朋友告訴我吳煦斌曾說：「散文他很喜歡〈一條小小的街道〉，世界性的，不為人知亦自有風彩。」不知道吳在什麼時候說這些話，但較後期的也斯感覺上是複雜豐富了許多。我認識的是相對早期年輕的也斯，剛開始時他是一個文學班導師，和我們一班同學亦師亦友。也斯對文學有一種熱誠的執着，他知識廣博，對中外文學，電影等都有涉獵。他的評論非常客觀，注重細節，而這種特點也體現在他的散文上。我覺得他總是用平和溫暖的筆觸客觀地把細節呈現出來，讓讀者自行去感受。多年前曾這樣寫過也斯：「也斯的散文，總有一種溫暖而平和的調子，顏色和聲音是有的，但是那樣淡淡地，生活中最瑣碎的事，大自然的光與影，街道上每天經過的男孩，女孩……這便是也斯書本以外的世界。」我覺得這亦是〈一條小小街道〉的寫照。作者知道世上有天災人禍，亦知道動盪不安的背景是動人優秀作品的溫床。但對於大部分普通人，接觸最多的通常便是一條小小的，恆常存在而又每天在變動的小街道。為什麼我們不可以多關切這樣的一條街道呢？文章是這樣作結的：「在這陽光的早晨，我也喜愛一條小小的街道。這安靜的世界，被漠視而不埋怨，被低估而不分辨，自有它的自足的美貌與風姿，這安詳是完美的。」我偶爾會想，年輕的也斯生活在那個從小漁村蛻變而來，相對質樸平和的昔日香港，如果他多活十餘年，會不會令到這條小小的街道改觀呢？

東平洲

當船緩緩駛近你的時候，我在模糊的灰藍色山形前看見一片青綠扁平的土地，這就是你，一個扁長的小島，一根骨頭或是一個玉如意、一枝筆或是一把刀。空中有海鳥盤旋，烏雲積聚起來，像是要下雨的樣子。坐了兩三小時的船，終於回到這裏。我有多久沒來？一年？兩年？還是三年？

當我上了岸，走過碼頭和沙灘，經過雜貨舖，從後面的路走上山去，我才一步一步地發覺你變了這麼多。有些地方骯髒了，有些地方多了招徠的標誌，而最使我驚異的是：現在這裏竟然這麼熱鬧了。到處都是人，有人在路邊的水喉沖身；有人在海灘的石堆上烤肉；有人坐在雜貨店前的石階上，扭響了收音機；當然，更有人坐在那裏打麻將，一直坐到夜深，他們的聲音嘹亮，他們的影子遍佈每一個角落。

是的，你已經不是以前那個荒涼的小島了。已經不再是那個我們夜深坐在碼頭唱歌的、冷清的純樸小島。我想到以前一起來平洲的一群朋友，每人有各自的命運，當我現在重來，也不過是一兩年後，可是大家已經走上非常不同的道路了。比起那時來，每個人都已經轉變，我不敢說是變好還是變壞，我不敢說。因為我自己也轉變了。我只曉得，至少，以前那群人不會一起同來這裏，一同坐在那些石堆上了。而現在我發覺，這島也轉變了。

看到這些轉變，同來的一位最熟悉也最喜愛你的朋友說：這是他最後一次到這裏來了。我不曉得。我發覺你變了，但我也發覺你還有你的魅力。你的石，你的草地，你熱鬧的一面背後的風景，還是使我惋惜沒有更多的時間去認識你。一兩天很快過去，我希望看得清楚一點，了解多一點，但我沒有假期了。離去的時候我再一次回頭看你：一片青綠的土地，可以是一根骨頭或是一個玉如意、一枝筆或是一把刀，我不曉得你到頭來會變成什麼，祝你好。

一九七四年九月

失望中帶着盼望

朱彥容

如果沒有看題目，直接看內文的首句「當船緩緩駛進你的時候」，會以為文章是也斯寫給他的一位朋友。「你」原來是個扁長小島，形狀如骨頭，長滿綠草，像個玉如意，似筆也像刀的小島確是也斯的朋友。船未泊岸，也斯已引首遠望尋找「你」，船抵岸後，又說「終於回到這裏」，「終於」、「回到」，可見他是多麼殷切期盼與「你」這位故友相聚。來到岸上，也斯細緻觀察到許多小島跟往日不同的景象——做生意的地方多了、各式各樣的活動到處敞開，伴隨而來的就是人擠、吵雜、骯髒。也斯訝異於小島在別後這短短日子裏竟有這許多轉變，同時也令他聯想到往日同游的友伴，何嘗不是改變了很多？人生旅途中的聚散本平常。試想自小與我們同窗伴讀嬉戲的小友，長大後在工作中認識的同事，以及因志趣相投組合的友伴，彼此也曾深交，也曾一起走過同心互勉的路，往往就在分岔點上，眾人隨着各自不同的際遇四散。青年也斯嘗到了知交半零落的滋味。

轉變是好是壞？小島的荒涼與繁華、冷清與熱鬧，孰優孰劣？面對種種轉變，也斯雖然遺憾，但最終沒有因此氣餒。他仍然看到島上從前的石、草地，還有在繁華熱鬧背後未曾發掘的風景。離去前，也斯不捨地回頭再看那形如骨頭或玉如意、似筆又像刀的一片青綠土地，把曾經的美好記入心中，並對「你」和已離散朋友的將來送上祝福。

新果自然來

離開礁溪的時候，我們打算到過嶺去，卻沒有車子通行，那便轉到頭城，一心以為那兒有車子直達，怎知沒有，逛了一會，最後只好轉車到宜蘭。但宜蘭還是沒有公共汽車去，幸而後來終於發現有客運車，那是唯一往那兒去的車子了。

在頭城的時候，那售票的女孩子也不認識過嶺這地方，她說：「你們到那兒去幹什麼呢？」

這問題可真難回答。

十多年前，我初看七等生的〈初見曙光〉，很喜歡，其中土給色離開他的朋友們後，就是住在過嶺海邊，在那兒，「他的心和肉都是赤裸着」。這次我們來旅行的時候，在地圖上看到這地方在東海岸線上，便決定到那裏去了。

車子到了過嶺，第一個印象跟我們想像中的樣子完全不同。那是一個小小的村落，只有客運車停泊的一條小街，看來沒有什麼人，也看不見海的痕跡。

我們向着海應在的方向走去，卻走入一片深邃的竹林中。在竹林間的小路緩緩前行。我們走了一段路，離開了竹林，前面就是蕪生着野草的坡地，我們跑上坡頂——

「呵！」

海就在前面，在坡的那邊。從竹林間狹窄的小路出來，忽然看到面前這豁然開朗的一大片海灘，真是教人感到好像忽然睜開了眼睛。而當你睜開眼睛，你就會奇怪：這麼小的地方，怎會有這麼大的海灘，眼睛向兩邊望去，看不見圍繞的山嶺，只是長長的海灘，沒有窮盡地向兩邊伸展開去。

自己旅行的好處，就是你到頭來總可以在一片平凡的竹林和蕪亂的野草的背後，找到一個廣闊無邊的海灘。這海灘這麼寬大，卻一片荒涼，只遠處有一二人影。在前面，浩瀚的海洋，捲起一伏一伏波浪。

這海灘沒有碎石也沒有貝殼，幾乎沒有任何裝飾，它不是美麗的白沙，而是一種質樸的灰黑的沙泥，但當你沿着海浪的邊緣漫步，你可以感覺它的彈性，確是可如飛躍一般彈起，落下，再躍起。當你環顧，你感到這海灘的氣勢，直通向汪洋，海浪非常險惡，需要勇氣才可泅泳。而荒涼的一片沙灘，留下仍新的一行足印，顯示游人不多。沿海邊走了很遠很遠，然後看見那朦朧的人影是一個老人，他正在向洶湧的海浪垂釣，但是一無所獲。問起他的成績，他說：「有時什麼魚都可釣到，但像今天，浪這麼大，釣了幾小時還是什麼也沒有。」但是他依然堅持，耐性地坐在那兒，面對滿海沸騰。

他送幾頭小蟹給我們玩耍。我們帶着牠們前行。放在海浪湧上沙灘的邊緣，一頭被水沖走，另一頭，被浪翻轉了，我們幫助牠翻過來，但立即，另一股浪又不容情地湧上，在這地方生存，小蟹是太脆弱了，牠只是餌，或是玩物，在荒涼袒露而毫無粉飾的大自然之間，牠必須是一頭頑強的巨蟹，在無數次的衝擊中保持平衡，對敵害反擊，並且始終不屈地高高舉起牠的巨螯。

這一個中午，陽光猛烈。這是沒有庇蔭的地方。猛烈的陽光直照下來，整個海灘是荒禿的。

軟弱的植物不宜生長，還有些藻葉從海沖上來，也曬成棕黑色了。曬乾了的植物都呈棕色，失去生命，將來或許也沒入泥土中。只是在灰色棕色之間，偶然還有一叢青綠，那些仍能留下來的，強韌而經得起考驗，經得起日曬雨淋，也沒人珍視或照顧，但是就驕傲地、蠻橫地，從泥礫與岩石旁邊，繼續生長下去。

這沙灘很清潔，但這清潔不是有人照顧或修飾整齊的那種清潔，而是還未粉飾為遊客勝地、沒有任何裝飾也沒有留下污物的那種清潔，是大自然的吐納把它照顧妥當，隨着風雨陽光和海浪而改變的那種自然的清明，它漫長無邊的伸延是一種氣勢，我們沿着波浪邊緣，卻總沒法把它走盡。我們前頭總有一群海鳥，當我們走近了，牠們就撲一聲飛起來，遷移到前面幾碼的地方；我們走近，牠們又再飛起，落到前面去……

我們發現漁人留下的膠筏，以兩端彎曲的黑色膠柱為底，笨拙而美麗，是這膠筏，看來沒有屏障的，載他們克服波濤。在旁邊，放着他們拾來的木塊，粗糙而有極豐富的紋理，是經歷了悠久的暴曬、砍伐或水漬而仍保存下來的生命的圖案。

在前面不遠的地方，沙中陷着破碎的圓形碉堡。過去那是在坡上的，現在卻陳舊且崩潰了。它的一半埋入沙中，像一頭灰色的死獸。在它的腳下的沙地上，又長出一叢青綠的草來。大自然的陽光仍然猛烈地直照，風很強，浪很大，我們沿着海走，就像沒有盡頭。

等我們再走回來的時候，就發覺，剛才放在沙灘邊緣的小蟹，已不知冲到那裏去了。袒露在海與天之間生存，需要頑強的生命力。

在那邊，那老人仍是獨自垂釣。

陽光直照下來，整個荒涼的海灘沒有遮蔭。一切袒露在空氣中，要就是腐朽，粉碎，要就是變得更強韌。

一堆木塊，剝落了樹皮，帶着豐富的紋理，在漫長無邊的灰色沙礫上。

***

在羅東，我們看見駛過的貨車上，馱負幾截巨大的樹幹，那是砍伐下來的樹幹的部分，大概有兩個人合抱那麼寬。

沿途旅行，總是看見高大的樹木，然後看見更高大的樹木；看見人，然後看見更多不同的人。

從羅東另外有鐵路支線，可以乘火車進入森林。但它的市鎮，卻像一個普通的熱鬧的市鎮，過嶺荒涼不見人跡，羅東卻盡是人，人們在街上的小攤買東西，吃東西，散步，吵架，閒聊，熱鬧極了。我們在這裏停下來。這兒似乎是黃春明寫過的地方。這兒確是他的地方。這麼多熱鬧的、平凡的、親切的小人物，每個人都可能有他們的小故事，你站在路的轉角，在布攤的旁邊，在食攤上坐下來，也許就禁不住想：也許，那邊那個是甘庚伯，那個是青番公，而那個，甚至或許是改行以後的坤樹和憨欽仔？

想是這樣想，但我們立即也發現，這熱鬧的小鎮，實在並不是小說的背景，它更現代也更都市化了。也許，一個作者寫的並不僅是他的故鄉，並不是某個鄉下人，而是從現實生活中這人那人身上借取了什麼又揉塑成的人，那些現在站在街頭，樸實或狡猾，苦着臉或笑着，在艱苦中而又設法生存下去的，那些人。

在這樣的意義來說，停在羅東張望是沒有意思的，因為，比方說，我們實在看不到坤樹那樣的「三文治人」，那樣背着廣告牌子扮成小丑模樣的人，也看不到打着鑼大叫大嚷的憨欽仔，在喊：

打鑼打這兒來——
通知叫大家明白——
今年度的房捐稅——
和綜合所得稅——
到月底要全部繳齊——

不，並沒有這樣的活劇。並沒有某一個跟小說中完全相同的片斷，在這裏重演一遍。在羅東，當我們坐在攤子旁邊吃肉羹，而我正要說其實並沒有「三文治人」坤樹，並沒有打鑼的憨欽仔，當我正要這樣說的時候，在大街上，在我們坐的地方旁邊，忽然響起一陣聲音。一輛小型車子，車頂放了喇叭筒，緩緩地駛過。裏面的人，正在用閩南話賣「大白鯊」的廣告。車子的外面，還掛上「大白鯊」的廣告牌，坤樹的廣告，不過換了一個方式吧了！

後來，在不同的地方，我們同樣看到台灣新一代小說作者筆下的現實，不一定是臨摹的寫實，而是精神的面貌，在其中有他們的關切與批評。我們走在路上，在人群中，以為一無所見，一拐彎，又是一番面目。以為是一個竹林，走過去，卻是廣闊的海灘。我們坐在羅東的小攤子吃肉羹。擴音車駛過，我低下頭，看見羹匙上有幾個字，寫着：「新果自然來。」。

七六年八月

導賞

新果自然來

小藍

大概是七五、七六年吧，也斯很喜歡台灣的本土作家，那時《大拇指》的讀書會先後討論了不少七等生、黃春明、施叔青等的作品。這篇文章，我覺得是也斯的台灣本土文學追尋之旅。比如他們要去過嶺這個連車站售票女孩也不認識的地方，就是為了七等生的〈初見曙光〉，雖然最終只找到一片竹林和荒蕪的海灘。當然這些跟七等生的世界仍有距離，但他們也在其中找到了在困境中生存的哲理。

在羅東街頭，他們終於發現了有點像黃春明寫過的地方。但失望地看不到像坤樹那樣的「三文治人」，也看不到打着鑼叫嚷的「憨欽仔」，真正的人物雖不確切存在，但轉過頭他們便看到這些人的另類版本——街頭上一輛放了喇叭筒的車子，正在賣「大白鯊」的廣告，低頭，羹匙則寫上「新果自然來」。

題目叫新果自然來，然後在篇末突然冒出「新果自然來」和前題呼應，我和朋友討論過，這是特別的閩南語嗎？結果不得要領。多方推敲後我更趨向相信，也斯是借這句廣告暗示本土作家的境況雖然艱苦，但還是會有新人繼續出來，正如文中所說，小蟹會給巨浪沖去，軟弱的植物不能生存，只有強者或像釣不到魚的老人般堅持，才有希望。

作者說：沿途旅行，總是看見高大的樹木，然後看見更高大的樹木；看見人，然後看見更多不同的人。我想這是暗喻一山還有一山高吧。

風、馬、牛肉麪——商禽印象記

商禽在永和開一爿舖子賣牛肉麪。寫詩和賣牛肉麪，似乎是風馬牛不相及的兩回事，但商禽卻沒有一絲扭怩或自誇，他很自然地說：他是喜歡吃牛肉麪的，但卻往往吃不到好的牛肉麪，所以就自己弄起來，並以此維生了。

商禽穿一件白背心和短褲，實實在在地站在那裏，是一個最不虛飾的詩人。你一下子就看到他日常生活中的樣子，放下鑊子或羹匙，就像剛放下筆走出來，可以和氣地跟你談一個下午，他是一個懂得生活的辛酸的人，但是，他也同樣懂得詩。他說自己有詩的時候就寫出來，不是向誰交代什麼，也不要爭取什麼。他的詩發表得不多，但仍在寫。

在近作〈風〉裏，他說：

我的破傘承受了秒三十公尺的壓力
（算算看，我輕微的咳嗽
要多久，才能在遠方

被暗夜中醒着的人聽見）
而生活的壓力不是秒公尺的
雖然也有其險峻的陂度
卻奈我的雙手雙腳不何

在〈馬〉裏，他說：

我破舊的雙輪座騎
也應和着我
在輕微的咳嗽
望見河上薄霧中垂釣的人
我便以為這是道情鈴板了
你這愛在風雨中行吟的
至今仍有人叫你做自由車

他的風是現實的逆風，馬是破舊的自行車，混和在生活的煙塵和咳嗽的聲音中，說到底，何嘗不可以是一爿麪舖的招牌，生活的痕跡。他的風和馬是如此實在，陪伴他在路上一步步地走。

雖然是生活化的詩，但他並不贊成以明朗或寫實為唯一的標準。他認為詩的表達有它藝術上的必須。他是這麼了解生活，但他使你安心的是：你看他就相信他永不會偏激地用生活來否定詩。他是因為真正地懂得了生活的辛酸，所以才更懂得了詩的。

詩是他生活的一部分，正如朋友，食物，「我有一個最好的朋友，也是我文學上最大的敵人……」，他開玩笑地說。他說的是鄭愁予。鄭愁予的新詩融化古詩中的精粹，做得非常好。「他寫得這麼好，我只好嘗試其他的寫法。正如已有人燒了一尾紅燒魚，做得十分美味。我再做，再好也不過是另一尾紅燒魚；我只好另外動腦筋，煮一尾糖醋魚了。」朋友，食物和詩是相連的，他說到一樣的時候也說到另一樣。他坦率地承認朋友的才華，也有鬥燒一味美味的菜的童心。

商禽的牛肉麪非常美味，我一早就吃得乾乾淨淨。（因為是辣的，後來翌日聲音都沙了。）但是因為天氣熱，因為有些人不吃辣或者不喜歡吃牛肉麪，所以生意也不見得好。有些人走進來，叫一些店裏沒有的東西，然後就別別嘴了。但這店子總是這麼誠懇、認真。它的質素並不因此有任何改變，它的東西都真材實料。正如商禽的詩，這麼多年來他都是潮流外的詩人，談他的詩的人也不多，但他還是那麼認真地堅持下去，從來沒有寫過欺場的偽詩。

商禽是一個可親而誠懇的人，尤其難得的是他有很好的幽默感。他會忽然說出一句廣東話（他在香港住過）或是露出一個笑容。商禽的笑是真正的笑，當他笑，就忽然年輕起來，像一個捉狹的頑童，或是做鬼臉的天使。到後來，我們簡直是一邊談話，一邊等他的笑容。他的笑是那麼美麗，彷彿真正是從心裏發出來的。他對自己的創作很認真。說起來，他會引用朋友的話，說寫詩是有某種使命的，唸起他自己的詩，或是一字一字寫下來，他的態度是那麼嚴肅，每一個字都是重要的。他對自己的詩絕不苟且，他的笑也不是隨便的笑。在他的談話裏會忽然袒露的笑容，正如在生活的辛酸裏磨練出來的詩句。

一九七六年十月

讀〈風、馬、牛肉麪〉

迅清

讀也斯的〈風、馬、牛肉麪〉之前，我不曾到過台北，不曾到過永和，也不曾嚐過商禽煮的牛肉麪。到我探訪一個住在永和的朋友，來到她的家中的時候，不是想起大家熟悉的豆漿豆腐，而是商禽當年開的麪店究竟在哪裏？朋友的家在環河西路，雖然我記得街名，但多年後印象全無，只是隱約記得房子和她和家人親切的笑容。當年因為時間匆匆，沒有刻意要找商禽詩中描寫的背景。不過想起永和，也自然想他的詩〈風〉和〈馬〉和一碗熱騰騰的牛肉麪。三樣不同的東西放在一起，是否令人好奇，很想讀下去？

也斯引用了這兩首詩的數句，刻劃了商禽的生活，也正好說明詩不一定描寫虛無飄渺的東西。商禽不多寫，不濫寫，也不隨便。這篇散文中提到商禽的朋友鄭愁予，相信大家對他的詩並不陌生，他有些傳誦一時的詩作，帶有古典的韻味。但商禽寫的是另外一種風格，換言之，我們認識的叫詩的文體，就應該有多樣的風格，一如食物。既然有你我煮的牛肉麪，也有商禽煮的牛肉麪，不必互相排斥。

難得的是，也斯寫一個詩人，不是用許多冠冕堂皇的形容詞去堆砌他的成就，誇讚他如何了得，而是通過簡單幾筆描繪彼此的相處，給我們認識一個誠懇生活又樸素的詩人。讀了這篇文章，除了認識了商禽，也認識也斯。如果他們對生活之間沒有共通的理解，不會讓我們讀後有如此深刻的啟發。

長洲，凌晨三時半的雨

在沙灘上睡了一覺，醒來，唱歌的還在唱歌，談話的還在談話，而我們的跳遠選手呢，還在波浪的邊緣，一次又一次地向月亮跳過去。

已經凌晨三時了。

「我們還是回到房子裏睡吧！」

有人嗯的漫應了一聲，沒有人站起來。五個人母豬小豬的躺在一張蓆上，我躺在沙上，有人躺在旗桿的旁邊，說：「你們先起來，我要做最後一個起來的。」

整個漫長的沙灘，在靜夜裏展開。天上有月亮和星，沙上除了我們，一個人影也沒有。走過時，腳跟可以感到沙粒溫柔地起落。

走過只餘骨架的泳棚，走過那所白天放着藤椅的「番鬼佬餐廳」，走過吃燒鵝瀨粉的地方，走過賣鹹魚和豆腐花的地方。現在都關上門，靜靜的。在月光下，只見每隔不遠的門前，放着一張尼龍床。人們喜歡涼快，都睡到門外來。

這個熱鬧的小島，在這安靜的時刻，把它耀眼的太陽傘都收起來了，把它千百個在水中晃蕩的盛小吃的藍花碗子都收起來了，把它陳舊的百貨和曬乾的海產都收起來了。只留下一些不太明亮的街燈、窄窄的小巷，還有那些在涼涼的海風中躺在門前睡去的人。

我們轉出碼頭。噢！那麼靜。來的時候還有幾桌人在碼頭的路旁喝啤酒，還有那賣西瓜的（我們吃了西瓜），還有那賣粥麪的（我們吃了西瓜再吃粥麪），還有那賣西瓜的（我們吃了西瓜再吃粥麪再吃西瓜）。現在他們都不知道到哪裏去了。所有的燈光熄滅，所有的顏色收起來，所有的箱子都合上了。

好像是一個盛宴的結束，好像是沉沉的睡眠，好像是寧靜的虛無。廣大的夜，滿地的紙屑。好像是——但不，當我們經過消防局，有什麼發生了。

起先是涼涼的一兩點東西落到臉上。我們還說：「真好運氣，幸而我們離開了沙灘……」話還未說完，我們剛走過大排檔，來到造船的地方，雨就嘩啦嘩啦地落下來了。

連忙避入人家屋前的布蓬下。那個睡在帆布床上的人，從床上撐起身，看一眼滿天的雨和這群奇奇怪怪的人，大概以為是夢中的一幕，又再睡過去。

雨真大，不一會，布蓬的邊緣已經積了低低一窩水。用手碰一碰，可以感覺到那沉沉的重量。放了手，它又彈回去。沉沉的重量是整個沉睡的小島，急急的一陣雨把他們吵醒，叫他們抬起頭看看外面的天空，轉過身，然後又再沉睡過去。對於我們卻不一樣，以為要回去安睡了，不料還有這麼一個節目。真有趣，都站在這兒，望着外面幢幢未完成的大船黑影間的燈火，不知道是不是真要在這裏站到天亮。

雨好像疏了，但一下子又密密麻麻，整個島都打鼾了，只有我們站在這兒看雨。

「不要等了，不如走回去吧！」

於是，等雨再又沒那麼大的時候，我們攤開了那張草蓆，十個人擠在下面，走入雨中。

可是，一旦開步走，問題就來了。龍頭一走，龍尾的人就掉了隊。我們在後面，怎也沒法走入這張飛氈底下。陣腳亂了。高叫，嘩笑，吵作一團。大家都濕了。跳遠選手落後了一會，再出現時手中提着一個紙皮箱，準備跟雨比賽。

我們是那飄色的隊伍，走過窄窄的小巷。雨是鑼鼓。沒有觀眾。但巷中有蒜頭香濃的味道，迎接我們。走到海邊，又有醃菜的味道。小島睡了。小島並沒有睡。那些躺在門前帆布床上的人靜了，但還有我們，還有這場凌晨三時半的雨。

一九七七年

跟也斯去旅行

阮妙兆

啊：原來是真的。前陣子當我看到這篇：〈長洲，凌晨三時半的雨〉，真有說不出的歡喜，這是我年輕時一次難忘的旅行，只是年代久遠，遙遠得以為這只是夢中所見。文中所指因為避雨，十個人擠在草蓆下的畫面，我記得；因陣腳亂了，高叫，哇笑，吵作一團的在大街小巷下游走，這個印象尤為深刻。至於吃了西瓜再吃粥麵然後再吃西瓜我就不記得了，只知道那原本令人狼狽及懊惱的雨，變成日後珍貴的回憶。

在凌晨三時半的雨中，我只想自己，雨落到何時，或者是旅行好玩不好玩。而同樣面對這場大雨，也斯看到和感受到的卻豐富許多，在這篇文章中，他比較日間夜晚，睡了或沒有睡的小島，他會嗅到蒜頭和醃菜的味道，在熱鬧的隊伍中，他看到靜靜的躺在帆布床上的人。

跟也斯去旅行，有兩個小片段印象特別深刻：一次吃過午飯，朋友們先先後後離開飯桌，只剩下兩人還默默吃着，也斯笑着說：他們像不像老夫老妻的對着吃飯？又有一次，我們在營外閒談，也斯指着朋友的拖鞋說：這些大小圈圈有什麼作用？大概是提醒腳趾該放在正確的地方吧！

生活平凡瑣碎，大多數人都讓日子在眼前溜走，而也斯則不同，西西曾說，也斯的長處是「他的觀看戰勝了物件固執的規律，把一些平凡的東西從日常生活的陳舊觀念和煩悶中救出來。」[2]

也許這就是為什麼也斯不但能把一切都看在眼裏，還加添不少趣味的原因吧。

2 以芭落瑪的筆名發表，原刊於《大拇指》，第7期（1975年12月5日）。文中引述的是《灰鴿早晨的話》中〈雨天的畫冊〉一篇中的文字。

爛頭東北

一

下船的時候，我們背起沉甸甸的背囊，腰間繫一個水壺，頭上戴頂鴨舌小帽，就像準備走長途的旅人。我們摺好地圖，剛才在船上已撫摸過千百遍，讓指頭代替腳步，已經在那些紅色虛線代表的小徑上躑躅前行。我們像對新事物無限好奇的兒童，眼光望向前方，不把碼頭的車輛和海灘的泳客放在眼內，我們一口氣走過漫長的海灣，把熱鬧的酒家和泳屋留在背後，我們走過度假營，來到東灣頭。

有兩個黑衣老婦人坐在屋前閒談，我們就從這兒上山去。

二

我們打算越過山到大水坑的神學院去。上山的路比較吃力，我們坐在高山的石上休息，看下面廣闊的海洋和海岸線，並且比賽背誦楊牧：

「我想勸你不如去旅行，去看海鷗飛
去找一個陌生的地方住宿
明天我就去，去找一個陌生的地方住宿」

兩個外國人從山的那邊轉過來，渾身是汗，喘着氣，背後還有三個。他們知道我們想翻山行往神學院，帶頭的一位搖頭笑道：「算了吧！」另一個說：「很美麗的風景，但太累了！」他們跟我們相反，從神學院來，往銀礦灣去。他們走了多久？「一小時！」他們的上衣濕透，有幾個索性脫去上衣，綁在腰間，從我們來的路下去。

我們坐在那兒，看他們走下去，在半山走了岔路，我們在上邊呼叫，叫他們轉彎，但他們已聽不見了。在上面，隔一段距離，你看路會清楚一點，知道那條路通往那兒。但當你在走路，實際的情況就不是這樣簡單了。我們呼叫，他們已聽不見。但他們到頭來總會找到路的。於是我們就隨他們去，繼續擺弄指南針，翻地圖，並且背誦楊牧：

「我想勸你不如去旅行，去看海鷗飛……」

三

中午左右終於去到神學院了。那兒地方幽靜，養牛，出產的牛乳很有名。我們向一位阿伯買，他帶我們走入冷藏庫（好一陣清涼！）拿給我們兩瓶牛乳，每瓶一元半，它們的商標是「十字奶」，但村民則稱之為「神父奶」，比一般鮮奶甜美（好一陣清涼！）走路的疲倦都獲得了補償。我們走上牛房看牛。圓拱形的建築，兩旁開有窗洞。牛都在裏面。工人用力洗擦地面，用水把牛糞沖去。下面有宿舍，這兒可以住宿，但要預先申請，而且要遵守規矩。神父們每朝四點起床祈禱，他們也種田做事，把整個神學院打理得整整齊齊。花園裏種滿各種花朵。

這樣好的風景，我們正想停下來做中飯，卻看見一個牌子，說未經書面申請不能在這兒煮食。我們既然去到別人那裏，自然盡量尊重別人的意思，遵照規則。我們沿園後的石級向海灘走下去，在半途找到一幅樹蔭空地。我們在石上坐下，把煮飯的傢伙拿出來，把電油灌進電油爐裏，在神學院那兒取水煮麪，還開了兩罐罐頭，又煮湯，吃得飽飽的。對出去就是海洋，對面是坪洲，風景美麗。我們跑上跑下，取水，洗碗，把垃圾扔進焚化爐，最後還煮茶，把香片倒進水鍋的水面，濃濃棕黑色的一團，然後逐漸散開、沉下、與熱水的水泡混和，茉莉的花瓣舒展，在熱騰騰的水中再獲得生命。我們看着遠處的海洋，呷一口茶，（好一陣清涼！）奇怪，在這樣的熱天，喝一口滾熱的茶，感覺反而是清涼的。

四

離開大水坑的神學院，向大白二白進發，那是我們計劃黃昏紮營的地點。我們走了長長一段路，在長沙欄附近，來到有人家的小村。我們看見房子，但卻不見有人，只跑出一群惡狗來。這是我們幾日與惡狗戰鬥的先聲。牠們追着我們狂吠，我們站定，大聲吆喝，牠們退後一點。當我們前行，牠們又追上來。其中一頭追近朋友，甚至咬破他的褲管，後來才發覺原來連足踝也咬傷了。眞是豈有此理！也沒有人喚住牠們，人都躱在屋裏。最後我們只好揀起兩枝長棍，裝腔作勢，牠們眞勢利，這才靜下來了。

我們避開有人的村子，走下多垃圾的海灘。陽光從幾處雲隙照下，像電影中聖靈顯現的樣子，我們則握着拐杖般的打狗長棒，像摩西或者什麼長老那樣踽踽前行，這是新版的《出埃及記》。

五

稔樹灣是個小地方。我們坐在海灣的碼頭休息。碼頭是凸出海中的長堤，我們躺下來，喝茶，休息。朋友的傷勢不嚴重，但這樣吃惡狗的虧眞不值得。辛苦走一段路，在這裏舒服地休息一下倒是值得的。碼頭旁邊是沙灘，上面很骯髒，扔滿了瓶子罐子、膠袋、報紙和廢木，也沒有人清理一下。沙灘內面是農家，這一帶很多絲瓜田，糾纏濃密的藤葉遮去後面的瓜果，只偶然露出粗硬的竹枝。我們很少看見人。這一帶的村落，青年多到外國（如英國）去，只留下老人和小孩。我們走過田邊，看見一個老人，他沒望我們，解開綁在碼頭許多艘船的一艘，開了摩托，開走了。這些船都很小，上面堆着槐棕色或黃色的油布和一綑繩子，像普通的小艇，原來它們都裝有摩托。老人去的不遠，也許就是對面的坪洲。比起來，坪洲已是熱鬧的市集，有街市和商店、學校和警局。這兒只是一個小村，與外界通訊或來往，唯一途徑是經過坪洲。稔樹灣是個凹口，形狀像布袋或碗口，人家都藏在這凹口裏，偶然傳來幾聲狗吠。我們躺在碼頭上，這是這凹形灣口中央凸出的一道堤，三面由海水包圍。一個人從水中游近我們，只有頭顱露出水面，像是一個孩子，原來是個女孩。她游近，似乎看見我們，沒有在碼頭上岸，又回過頭游回右方去。她游了好遠，大概二三十呎遠左右，然後停下來，站在水裏歇息。原來那麼遠的水還是這麼淺。稔樹灣真是個小地方。

六

下一站是大興。大興的沙灘很清潔，也沒有絲瓜棚，也沒有村民房子，靜悄悄的門前停着兩輛吉普車，好像是個不尋常的地方。

我們向海灘的碼頭走出去。有個中年男子和幾個孩子在碼頭。他很奇怪我們會來到這兒，他說這兒是他們的地方。他是旅遊公司的。他們買下了這兒和大白二白的土地，準備發展成旅遊區，我們記得在報章上也看過這新聞。

「是準備建酒店嗎？」

「不僅是酒店，」他自豪地說：「什麼都有！」

我們站在碼頭，環顧這個海灘，瞻望前頭的大白和二白，幾年後這兒將只有遊客住宿，劃成高貴的地區，不再是我們可以旅行和露營的地點了。

七

在大興後面橫過一道溪水，在大白附近開始上山。走了許久，然後來到山上的一所學校，有一對少年在那兒紮營。這兒在大白和二白之間，學校有水喉和廁所，十分方便；而且這時也近黃昏了，我們便在他們旁邊，搭起營來。他們是兩兄弟，放假乘船來這兒露營。聽說我們早上從銀礦灣一直走到這裏，都讚我們走得遠，我們聽了，都表現得很自豪的樣子。

搭好營以後，第一件事就是從另一邊山跑下二白海灘游泳。那是一段長長的石級，兩旁是長草，走到下面，經過草和樹叢走出去，就是沙灘了。沙灘自然是沒人的，又自然是扔了一些破瓶和廢木，但水還算乾淨。二白的海灘多石，近岸一段石頭刺腳，走了老遠，水才不過到人腰部，石漸漸沒有了，是黏黏的土。我們在那兒開始游泳，水很鹹，浪很大，但走了一天的路在黃昏游泳總是舒服的。那邊是大白，這裏是二白，我們因為穿短袖衣服走路，臂上也曬成深淺不同的兩截顏色：一處是大白，一處是二白。

八

煮飯的時候，微雨落下來，我們只好把爐子搬進營幕，在裏面吃飯。雨卻又停了。我們又累又餓，自然是吃得飽飽的，兩個人還喝了一大鍋湯。吃過了飯，我動也不能動了，躺在那裏，想：「我休息一下，就要起來。」朋友收拾東西，我想：「我休息一下，就要起來。」朦朦朧朧之中，不知怎的就睡着了，一覺醒來已是深夜。四周一片黑暗。朋友睡不着覺，正在聽收音機。我聽到有人談沈從文，便聽下去。我們談到今早進來前聽見的貓王皮禮士利逝世的消息。隔鄰營裏的兩兄弟也接口談起來，原來他們也沒睡，也在聽收音機。後來新聞報告的時候，他們還扭響了，讓我們聽人們爭着瞻仰遺容的新聞。我們都睡不着覺，躺在那兒談話。營裏很熱，是風暴前的悶熱，打開的營門那兒，可以看見每隔不久就是一下閃電帶來的白光，但沒有下雨。夜深了，忽然一頭蟬在左方響亮地高叫起來。

九

大清早醒來，天已亮了。吃過早餐，跟那對小兄弟說過再會，便再動程了。

沿石級走下二白，照樹叢中一棵老樹身上的「二白村」牌子的方向轉左。沿路有尖刺闊葉的植物，阻攔我們前進，走進村去，才發覺都是空屋或破屋，沒有人住在這兒。

走過一段路，看見一道溪水，水流清澈，石縫間儲滿了透明晶瑩的水，一端潺潺流入，一端淅淅流去。一道粗水喉橫跨水面。我伏在水喉管上，摹仿一頭紅蜻蜓那樣，俯下臉孔，探向那清瑩冰涼、微微顫動的水面。不料突然身子失去平衡，整個人「撲通」一聲，掉進水裏。

好清涼好透明的水！我是一尾快樂的魚。

十

我們沿路上山，濕透的褲管漸漸乾了。長長的草叢阻住去路。我們把小路擴闊，在沒有路的那兒開出路來。我們攀着半山上電力站的鋼線或是蔓生的枝椏，把自己翻過山的另一邊；也小心注視地面的陷阱、石和石之間的隙縫、草葉底下隱藏的針刺。我們欣賞蝴蝶和草蜢。我們採摘山稔。甜甜的山稔後面，忽然飛起一頭帶刺的黃蜂，纏繞着你，久久不願離去。我們沿路上山，濕透的褲管漸漸乾了。

十一

離開長草的崎嶇山徑，來到一片綠草的山頭，走高一點，便可以回顧得更遠。在那邊，遠遠那個山頭上，一點橙紅色，不正是那對小兄弟的營嗎？那就是我們昨夜紮營的地點。我們現在離它是如此遠了。我走着，走着，疲倦了，吃一顆糖，吃一個橙，設法安慰自己，或者索性怪叫一聲，坐下來，賴着不走。我的朋友拿我沒辦法。我想他沒見過在上山的路上休息這麼多次的人。我停下來，坐下來，吃一顆糖，吃一個橙，再走。走高一點，確是可以看得更遠。翻過山，涼風習習，彷彿可以把我們吹上天去。山那邊的木廠已在望了，我們看到海裏的浮木，一根根粗壯的樹幹浮在水面，有些聚成一組，有些零落參差。風眞大，吹得我們渾身涼快。目的地木廠已在望了，我們想像在那裏一定可以看到許多東西。風眞大，彷彿可以把我們吹到山下。但其實還有一段路要走。我們在山脊看見燕子，一個迴旋，輕盈地乘風遠去；彷彿不用着力，就可以御風而行。又一頭燕子飛過我們身旁，一個迴旋，就已經去得遠遠的了。什麼時候，我們可以像燕子一般輕盈呢？

十二

到了山下，不見木廠，只見一塊農田、一所農舍，狗兒吠叫，不見人影。

過了這農舍，有一道溪水，又有樹蔭。已經過了午飯時間，有這麼好的地方，自然是停下來做飯。我們煮麪、煮湯、燒茶，我們把腳放進清涼的溪水，我們發明躺在岩石上，由水流按摩背脊的新辦法。我們把曬得發燙的皮膚，像「煎魚」那樣反覆浸入水裏。我們吃一顆西梅，舒舒服服躺着。弄這弄那，又吃又玩的，一頓飯下來，已經過了下午四時了。

我們收拾行裝，又再動程。滿心以為隨着在木廠可以看到許多東西，忘記了行程中一起一伏、一喜一悲的常則。才過了田，就發覺前面沒有路了，四周盡是密密麻麻的矮林。

十三

（據說，十三是不祥的。）

我們心想：只要朝海邊走去，一定可以走到木廠吧！那便推開低矮的樹木濃密蔓生的枝藤，向海的方向走去。走了許久，仍然是在叢林裏，枝藤仍然是濃密的，遮去了前景，糾纏你的背囊，綑綁你的手腳。我們站在那裏，進退維谷。從樹幹的空隙窺望，看見右方不遠是一扇斜坡，有幾塊巨石。我們辛辛苦苦擠近，隱約看見山坡上面有人家。連忙攀着不穩的枝椏、光禿的巨石，把自己扳上去。在斜坡的半途，正在喘息，忽然上面傳來一陣狗吠，吠聲愈來愈兇，狗愈來愈接近，就在我們頭頂，好像想撲下來，把我們嚇了一跳，大叫：「有人嗎？」並沒有回音。斜坡上站不穩，上面有惡狗，上不去，只好後退，走下斜坡的另一邊。那裏是一片骯髒的泥地，堆滿垃圾、空瓶、廢紙，還有兩頭死雞。狗繼續追來，好像要撲下來，我們只好後退，向密林那邊掙扎走出海去。

終於出了密林了，才發覺那邊並不是什麼海洋，只是海邊的泥沼。一片烏黑色。我們踏進去，好不容易才把一隻腳提出來。

褲管和鞋子，都變成泥沼的污黑色。鞋子被黏泥吸住，好艱難才擺脫了，下一步又陷回去，我們雙腳也是如此。對開的海面，都是黑色一片。這兒已是木材的集散地了。就像剛才在半山看見的那樣：一根根粗壯的樹幹浮在水面；只是隔遠看，看不見水這麼骯髒。遠一點的地方，有起重機和運貨船，有一些工人正在起卸木材。我們高聲呼喊問路，但他們隔得太遠了，聽不見。我們又向岸邊喊，也是沒有人回答。

岸上的叢林濃密，偶然響起一兩聲狗吠，我們只好沿着污泥前行。有一段時間，真不知如何是好。近岸一帶，淤積滿是爛泥，偶然露出一個缺口，似乎可以上岸了，不料就跑出一群無人看管的狗兒，向我們狂吠起來。我們夾在兩者之間，情勢眞是尷尬。對開的海面上有浮木，但卻離我們太遠，顯然也不容易「參觀」，不像我們預先期望的那樣。結果我們只是白走一場，陷在泥濘的地帶。

好不容易找到一個缺口，在近岸的地方拾起兩根粗木，指嚇着狂吠的狗兒，這才勉強爬上岸來。牠們仍然張牙舞爪；我們高聲呼喚，問可有主人？僵持了半天，才有一個婦人從屋內窗口探頭出來，突然又縮回頭去。過了一會，才有一個男子走出來。我們問往竹篙灣的路，又請他拉住狗。他高聲吆喝，狗群才散去了。我們渾身骯髒，問他借水洗滌。我們來到廚下，打水沖洗，洗了一盆又一盆，清水變成濁黑的顏色，倒了一盆又一盆，大家才逐漸恢復原來的樣子。朋友的鞋子不能用了，打算扔掉，問該扔往那兒？屋主人說：「扔出窗外便可以。」我們探首窗外，只見窗下就是一個雜亂的垃圾崗。堆滿瓶子、報紙、果皮、骨屑、廢木、黑色的膠塊、爛布、生銹的鐵器，還夾雜着一兩頭死雞。屋主人和他太太都很年青，襁褓中還有一個小孩，對這環境似乎無動於衷。他們以養雞為生，特別養了許多狗防人偷竊。

我們洗乾淨了，問路往竹篙灣，那男子告訴我們沿屋旁的小路上山便可以了。我們謝過他們，便再上山。他們一家三口，安靜坐在低矮的室內；我們走出來，沿路上山去。回過頭來，還可以看到他們的房子挨在山腳，旁邊是密密麻麻的雞舍，對出去是海灣裏一根根浮木，像淤泥那樣凝定不動。再對開的地方，有矮矮的一根根木樁，插在水中，像一道小小的籬笆或鐵欄，保護了不讓木材飄到外面廣闊的大海，也限制了它們流動的自由。

十四

跟着下來的一段路就舒服了。是山間的小路，但沒有阻路的樹叢和荊棘，自然也不會有泥沼。我們心裏輕快，不到半小時，已經把陰澳灣和木廠抛在背後，來到竹篙灣。有一所清潔無人的學校，我們就在寬敞的籃球場上紮營。沒有石頭紮營，就借用旁邊的大花盆來壓住營繩。所以營的四周都放滿花盆。在學校裏，可以望見下面竹篙灣的小村和船廠。這兒是香港有名的製造遊艇的地方。我們可以看見船廠那兒停着兩三艘未完工的遊艇。船廠很大，這時還有工人開工。

沒有水。而且還是黃昏，天還未黑下來。我們便到下面的村子走走，也想到船廠看看。

在村中一所食堂的阿伯那兒，居然買到冰凍的啤酒，我們坐下來，喝一口，感到疲勞後的舒適，有說不出的暢快。成群狗兒在小路上逡巡，船廠關起門，不讓外人參觀。我們從一所舖子買了水果和啤酒，回到山上的營地去。天漸漸黑下來了，我們坐在沒人的學校的籃球場上，對着屋脊上明亮的月亮，左邊下面是竹篙灣的燈光，右邊隔着海可以看到遠處青山那邊的燈光，我們喝酒、吃罐頭豆豉鯪魚和回鍋肉、休息、談天、唱歌，感覺好像是屬於這地方的一份子。走了一天的路，現在只要好好地歇一晚，明天早上便再出發，步行到另一邊的昂船凹去。

一九七七年八月

和也斯去露營

凌冰

一九七七年暑假，也斯和我到大嶼山東北去浪游幾天。關於此行，也斯寫成〈爛頭東北〉一文，他那準確的記憶和對細節的取捨，令我深感折服。

四十多年後重讀，對也斯在字裏行間，流露出對生活的熱愛、對生命和自然的尊重，又多了一點感悟。

整個行程，也斯的觀察力有如攝影機，重現時則有如剪接大師，比如我們比賽背誦楊牧的詩，到神學院去喝十字牌鮮奶，我慘被惡犬咬傷，在稔樹灣看見一個露出頭顱游泳的女孩，蟬在營幕上方鳴叫，給黃蜂纏繞，採山稔吃，「發明」了水流按摩背脊，往木廠時深陷泥濘之中……這些細節，都沒有一點誇張失實。

也斯對生活的熱愛，往往從小節可見：「在這樣的熱天，喝一口滾熱的茶，感覺反而是清涼的」，他寫「茉莉的花瓣舒展，在熱騰騰的水中再獲得生命」，教人想起他的詩〈茶〉。看見燕子在山脊上御風而行，他問：「什麼時候，我們可以像燕子一樣輕盈呢？」我們為防避狗群的圍攻，「握着拐杖般的打狗長棒，像摩西或者什麼長老那樣踽踽前行，這是新版的《出埃及記》。」在大白和小白，「臂上也曬成深淺不同的兩截顏色：一處是大白，一處是小白。」也斯的幽默，很多時源於自嘲，對他自己的糗事，都毫不忌諱地寫下來，比如他不小心掉進溪水裏去，會說「好清涼好透明的水！我是一尾快樂的魚。」走得累了，他「索性怪叫一聲，坐下來，賴着不走。我的朋友拿我沒辦法……」

在幾乎杳無人跡的二白沙灘上，仍給扔了一些破瓶和廢木，也斯對自然受到破壞，感到憤憤不平；在陰澳灣和木廠一帶，在垃圾圍繞的環境下居住的人卻無動於衷，他感到無奈；對集團收購了村野的土地，即將大興土木，不再是人們旅行和露營的地點，他難免感到惋惜。

在大白和二白之間露營那晚，半夜從收音機聽到「貓王」皮禮士利逝世的消息，大家都睡不着，我們躺在營幕內談天。也斯說感到自己有所不足，提到他和吳煦斌會到美國深造的計劃，希望我們可以繼續把《大拇指》編下去。幾年後，也斯自美返港，在文學和學術上的成就，有目共睹。個人很喜歡文中這段文字：「在（高山的石頭）上面，隔一段距離，你看路會清楚一點，知道那條路通往那兒。但當你在走路，實際的情況就不是這樣簡單了。」所以我們才會在途中碰壁，才會碰得焦頭爛額。關於本文的題目，也斯不用「大嶼山」，而採用舊有的俗名「爛頭」，不知道是否這個意思？

加西亞馬蓋斯與番石榴的芳香

加西亞．馬蓋斯[3]說他離開拉丁美洲後再回去是為了番石榴的芳香。他說的那種番石榴，我在聖地牙哥第一年嚐過，那是在老師家裏，綠色的一盆，是人家園子裏採回來的。我童年時黃竹坑家裏也有好幾株番石榴樹，每年都採來吃，番石榴的味道自然是熟悉的。不過在聖地牙哥吃到的番石榴，樣子不同，小小一顆，樣子一點也不起眼，吃起來味道也不同，裏面的種子也可以吃，很香，吃完許久，嘴上還留下芬芳的氣味。聽說種子是從鄰近的墨西哥帶來的。我後來就一直把它叫做墨西哥番石榴。加州盛產水果，超級市場裏擺滿新鮮豐滿色彩明亮的水果，就是沒有這種番石榴。想起這種不顯眼的小果子，也不知該到哪裏去採。兩年後老師回來，我問起，大家去採了一次，再吃起來，仍然是那種奇異動

3 即〈一條小小的街道〉中的加比奧．加西亞．馬基斯，現通譯為加西亞．馬爾克斯。

人的芳香，我採了一大把在口袋裏，過了許久口袋裏還是帶着那股清香，令我想起加西亞．馬蓋斯筆下的美人兒，帶着好像不屬於這個世界的體香，天真得不知道一切世俗規矩。十多年前初讀加西亞．馬蓋斯的小說，也感到這種天然清香，是想像力天馬行空，不理會文學入門的繁文縟節，一心我行我素的天真；愈讀下去，愈發覺那寫意的揮灑裏有厚重的寫實底子，這天然的果子是在一個實有時空的土壤裏成熟的。

原來我們學校過去文學院所在的穆爾大樓樓下，也有一株番石榴樹，結實的時候任人採摘，也沒人留意，好的東西往往不用花錢，就在人來人往的地方。這兒的空地，有時用來演劇，演過古典悲劇、全女班的《等待果陀》，兩旁的課室，我們有時走去旁聽文學電影課，看過一連串拉丁美洲電影，拉丁美洲電影有濃厚的地方色彩，獨特的表現方法。我們接觸到不少來自拉丁美洲的同學，他們處事的態度、愛吃的食物、對人的熱情，都跟一般北美人不同，跟我們比較親近。

教的英文作文課，有個學期有個叫安馬利的女學生，她來自哥倫比亞，在美國長大。知道她來自哥倫比亞，是因為她說起波哥大。她說：「對我來說嘛，波哥大就是哥倫比亞，雖然我去過加里、樸巴楊、保也加、卡達漢那，我總是想起波哥大來，它最能代表哥倫比亞了。或許是因為我住在那裏，我的祖母和嬸母叔伯仍住在那裏，而且是我第一個親密地認識的地方。」

我有興趣知道多一點關於波哥大，為了加西亞．馬蓋斯。安馬利脫了鞋，盤腿坐在椅上，說得高興時身體兩邊擺動：「我記得那些骯髒的灰色街道，路面的窪洞大得可以游泳—至少我們開玩笑時是這樣說的；來往交通嘛，靠老爺公共汽車，最新的也有十年的年紀了，仍然奇蹟一樣行走；我記得一場春天的驟雨後那種乾淨的空氣的氣味—波哥大總是永恆的春天；我記得那些高大陰暗的建築物，由青綠安靜的園子環繞，跟外面吵鬧的聲音隔開：還有那些人，穿着顏色鮮明的邦曹（披氈），笑着，大聲談話，是一個快樂的民族呀！」

安馬利自己也開朗地笑起來。當她說到在波哥大，十七世紀殖民時期的教堂與二十世紀七〇年代的摩天大廈並肩矗立，驢車走在現代的轎車旁邊，富人走過路旁的乞丐，現代化的豪華酒店不遠就是破爛的貧民區，這種種矛盾，自然令人想起拉丁美洲小說魔幻一般的現實來。魔幻的不是小說，是現實罷了。《一百年的孤寂》在我們學校是一些大一學生第三世界社會歷史課必讀參考書，安馬利讀過也喜歡這小說，不過她說她母親不喜歡加西亞．馬蓋斯。她沒說為什麼，話題又跳回她童年的波哥大：

「在我祖母住的公寓對面街上，有一小幅綠草地。對我們這些孩子來說，那已經是個好大的公園了。那裏有棵樹，長着奇怪的枝椏，最適宜爬樹了。我從幼稚園放了學，便爬上這棵樹，坐在那裏看路人走過。是的，這就是哥倫比亞，就是我的家呵。才不過六歲，我傷心地離開它，來到美國。」

安馬利的是六歲孩子眼中的哥倫比亞。她長大後回去過兩次，每次都沒有上次那麼喜歡。她童年的樂土也漸漸改變了，也許是她的看法改變了。她學期底的長文想討論加西亞．馬蓋斯的著作，好像一方面是寫喜愛的作品，一方面也是回頭自我尋覓根源。但她沒多久又猶豫了。她找不夠參考書、害怕趕不及限期，她跟保羅鬧戀愛，鬧彆扭了。結果她改了題目，另寫別的問題，不過她答應，總有一天，要好好寫出來。

我倒是很希望有一天安馬利可以好好的寫出來。因為她經歷兩種文化背景，令她可以既熟悉內情又隔開一段距離回看。她說到哥倫比亞人的特色：尖銳的幽默，慷慨、熱情、不自我中心、家庭觀念強等等。我想若要了解加西亞．馬蓋斯的小說，其實也很需要了解這種實在的民族性和文化背景。他的小說，從早期的《風吹落葉》到近期的《一件事先張揚的人命案》，無一不是產生自這實在的特性和背景，即使有想像和魔幻，沒有他沉重篤實的現實底子，很容易就會變成輕巧浮淺。認識這種文化是重要的。安馬利說她怎樣費盡唇舌也沒法向一位美國同學解釋，為什麼她們家中即使是關係很遠的親戚也保持親密來往。這種家族中的親密，也是她民族的特色。因為置身在另一個文化裏，就格外會敏感反省自己文化的特色。是要明白了那文化才能更深地懂得那文學，知道美洲番石榴的味道令人更欣賞那愛番石榴的人寫的小說。

有一株番石榴樹在樓下的穆爾大樓，在大半個文學院搬往新建築物去後，仍有些教授留下來。我跟過一位老教授讀霍桑與愛默森，跟另一位讀惠特曼。老教授第一節課告訴我們說：他暑假裏剛重讀了十多卷愛默森的筆記。我們筋疲力倦地在背後追趕。還有十多卷霍桑，定本的全集還未出齊。研究者翻查手稿，編訂校對，閱讀討論的文字，一次又一次重讀，真正進入一個作家的世界，已經足以用去一生精力。好的教授還找到時間照顧學生，討論問題，閱讀新出版的學術著作，吸收進修，並不排斥新的東西。事實上，新舊的界限並不那麼斬釘截鐵。什麼是新呢？我在霍桑身上看見詹姆士，看見拉丁美洲的富恩特斯，我在愛默森和史蒂文生身上看見波豈士。我們喜歡加西亞．馬蓋斯，不是因為他新。所有文學都有它的傳統，有源流也有演變。拉丁美洲小說與美國小說分不開，正如政治與經濟方面，有重大的影響，有對立也有關連。所以加西亞．馬蓋斯說要把美洲整體來看，細看裏面複雜糾纏的關係，在政治上和文學上都是一樣。

說到加西亞．馬蓋斯的文學，不能略去他的政治態度，這兩者都在與美國的關係中表現得最明顯。他了解美國與拉丁美洲國家的關係，所以不贊成美國孤立古巴，不贊成美國介入薩爾瓦多及其他國家，基本上是不同意把拉丁美洲國家內部問題解釋成蘇聯的活動這麼簡單。他主張尊重拉丁美洲國家的獨立性和主權，不同意以美國的看法加諸拉丁美洲國家。在文學上，他受惠於美國文學傳統，尤其是近代小說，他推崇梅爾維爾，熟讀福克納和海明威這樣截然不同的作家——他早期的作品如《風吹落葉》和《紙玫瑰》，一繁縟，一精省，正是這兩種不同風格的引申；但他的書，從報道文學到小說，從大家族的歷史到獨裁者的記事、到一宗猶如希臘悲劇的人命案，儘管結構嚴謹，技巧變幻，卻沒有不是從拉丁美洲的現實出來的。

為什麼我們當年會對這種小說感興趣呢？大概是因為全面而複雜的小說，好像更能包括多層面的現實，為中文小說提供多一種可能吧。最先接觸加西亞．馬蓋斯的小說，就恍如小村裏的人初次接觸吉卜賽人從外面世界帶來的冰塊，叫人忍不住把手放在上面，大聲讚嘆說：「這是我們時代最偉大的發明啊！」

這是因為他的小說從現實出來，又超過它，引導人去看生活中的不仁，生命裏的孤絕，叫人去在殘破裏發現尊嚴、愛、幽默，看到傷害又加以撫慰，回顧現況又明瞭它的缺失。他的寫法既胡鬧又嚴肅，既雕琢又自然，他可能是那大翼天使，被無聊的手灼痛而發出混和淚水的咆哮，但要能不但感覺了而且明瞭了這一切痛楚，然後才可以耐心寫成這天使的故事。他是那最英俊的溺死者，令狹隘的村民逐漸明瞭他們的院落如何狹窄，開始建造更高的屋頂，更寬大的門。

八二年十月底的一個深夜，我正在預備學校口試，忽然接到一個電話。那是朋友莊慶生打來的，我們許久沒有通電話了。他劈頭第一句就說：

「喂，十年了……」

我立即明白他想說的是什麼。剛在這之前一天，諾貝爾文學獎揭曉了，得主是加西亞．馬蓋斯，我們都同時想到，十年前與幾位朋友一起合辦的文學刊物《四季》，曾經辦過一個加西亞．馬蓋斯的專輯，譯出他五個短篇和一個長篇的首章，訪問記和論文。這麼多年下來，朋友都星散了，阿莊在溫哥華，景熊在巴黎，展鴻在紐約附近，伯堯在三藩市，也許久沒有連絡，但相信他們對文學的興趣沒變，幾年前和阿莊說起，本來打算把當年一群朋友發表在不同刊物的加西亞．馬蓋斯的中譯修訂（有些發表時不如理想，比如〈鬼船最後的航行〉中譯發表在一份月刊時，編者為了令讀者更能接受，把題目改成〈鬼船〉，把連綿的全文加分段落，影響了文氣）結集出版，作為一個紀念。可惜一直沒有這樣的機會，也沒有這樣的時間，也就算了。

說起來，阿莊做的工作雖與文學無關，加西亞．馬蓋斯後來的書如《族長的秋天》等，他一直都有買來看。不過，他狡猾地加上一句：

「當然，我不是那麼熱愛文學。我是等紙面本出版了才買的。」

話是這樣說，他還是打電話來回憶《四季》。大家談起《四季》以來十年的變化，加西亞．馬蓋斯終於獲得諾獎了，貝托魯奇拍出了《巴黎最後的探戈》、《一九〇〇》、《月亮》這樣重要的作品了，陳映真出獄又繼續發表作品了，黃春明的小說結集了，七等生小說結集又停筆了，穆時英的作品開始有人研究了。十年的變化真大，就所談的，多半是好的變化，好像我們逐漸也有了更高的屋頂，更寬大的門。辦雜誌的朋友星散四方，但當大家聽到加西亞．馬蓋斯獲獎的消息，一定都會想起彼此來，同時回想起當年辦《四季》的理想，既回顧三四十年代的中國舊作，也放眼看西方紮實有力的新書，既鼓勵創作也整理批評，想令文藝的園地更寬闊，包容更多不同的風格。

加西亞．馬蓋斯得獎前後，《星島晚報》文藝園地「大會堂」已經辦了他的專輯，刊出翻譯小說和討論，其後《新晚報》、《大拇指》、《素葉文學》都辦了專輯。使人高興的是大陸和台灣分別出版了《加西亞．馬爾克斯中短篇小說集》和《一百年的孤寂》，前者十分豐富，厚厚的七百多頁，選擇了五〇至八一年多篇中短篇小說，所做的事，實在已超越我們當年的嘗試了。不同地區的中國人都能來喜歡加西亞．馬蓋斯，當然是一件好事，小說是不能不看的。聶魯達曾經說過，一個人不讀葛蒂沙的小說就像從來不吃桃子，會逐漸變得更憂傷，更蒼白，終至脫盡頭髮。加西亞．馬蓋斯的小說也是一種特別的果子，令人開懷，有所感受，咀嚼完了，芳香還久久留在唇邊。

加西亞馬蓋斯與番石榴的芳香

許迪鏘

也斯一九七八至八四年間在美國加州大學聖地牙哥分校攻讀博士學位，期間曾兼任寫作課導師。曾聽他說，寫作課其中一個主要環節，是拿出作品來，在堂上與同學互相討論。本文開頭學生馬利安的一大段談話，可見師生建立的是一種朋友關係，上課時的氣氛可想而知。

也斯很早便注意拉丁美洲文學作品，他翻譯的《當代拉丁美洲小說選》一九七二年出版，同年，創辦《四季》，刊出「加西亞．馬蓋斯（現通譯馬爾克斯）專輯」，文中提到的阿莊（慶生）、（張）景熊（即小克）、（莫）展鴻和（程）伯堯都是這個專輯的「譯手」。吳煦斌譯的〈大翼老人〉（文中指的大翼天使），一九七六年在《大拇指》周報刊出。一九八二年，加西亞．馬蓋斯獲諾貝爾文學獎，難怪也斯特別高興。但一如也斯的其他作品，感情表達相當克制，文字間完全沒有沾沾自喜（「老朋友」「飛黃騰達」難道不值得自豪嗎），更多的是對昔日共同工作的朋友的懷念。文字讀來也如嚼番石榴，芳香留在唇邊，不是向天地噴灑。

也不妨注意一個細節，班上的女同學馬利安，也斯沒有隨俗把女性名字中譯成瑪莉安，以突顯其女性身份，一如他稱已故英女皇為伊利沙白，而不是伊莉莎白，看來也斯在文字上的性別意識是相當自覺的。

時空的漫游——訪問上海（節錄）

到底有沒有可能去認識一個城市？也許你先是試探地，在抵達的第一個晚上，走到外面去，走過那些晚上坐在路邊乘涼的人，你首先感覺到城市的炎熱，但也不是沒有偶然涼風，吹在袒露的嬰兒身上。你橫過馬路時兩邊張望。一輛自行車從你身旁掠過。馬路對面的劇院正在演一齣「寫意劇」，你站在那兒看海報，猜那會不會好看。劇院後面的路看來通向一片黑暗，於是你折回來，像拉着一根繩子，回到出發的那一點。

結果是怎樣逐步走出去，走入城市裏去的？也許是為了辦理機票，你穿過最熱鬧的大街；也許是為了找尋書店，你鑽入擁擠的人群。幾個人圍觀櫥窗裏的攝影器材。一個女子舉起一襲黃裙在身上比畫。巨大的廣告牌上預告着《老井》和《錯位》。什麼是遮幅式電影？跟我們說慣的弧型大銀幕有什麼不同？餅店裏盡是人。有人咬一根冰棒。酥蛋蛋糕像香港的菠蘿包。一堆淺綠色的澄瓜，我們叫西瓜。醃菜的氣味叫你想起香港的南貨舖。你用熟悉去理解陌生，想用相似去消除差異。然後有一天，你一直走到江畔，走進蘇州河與黃浦江交界的那個公園。「華人與狗，不得入內」的牌子早已不存在了。問起來，有人告訴你，過去也不是指所有的華人，西裝革履提着士的或者開着汽車的不在此例。現在這裏坐滿各種各樣的人，共享黃昏偶然的一陣清風。入夜後，恐怕還會坐滿了情侶。一個孩子在哭，父母哄他，指向外面的輪船。不要哭不要哭，你也跟着望向對岸那座俄羅斯建築物，那座歐美建築物，幾十年前一定是蠻有氣派的，現在舊了還是那麼神氣。我們走過了白渡橋，去看那原來叫亨利或者李察的古老酒店。仍然有美麗的正門和優雅的露台。一個窗口擱着盆花，另一個窗口露出一張畫，一半的油畫。酒店本身可惜卻是一張保存得不好的畫。大堂天花板很高，開朗寬敞的空間被近年添置的呆鈍玻璃櫃和擺賣的俗氣商品弄得稍見狹窄了。走出來，你留意到旁邊原有一道美麗的旋轉木門，可惜鎖住了，不能轉動了。

看那個花園般的地方，幾十年前曾是英領事館，現在想走進去卻讓人給擋住了。不，現在這兒也不是友誼商店了。過馬路，走回原來的地方，剛好走了一圈。再轉一個圈，一個更大或更小的圈。小圈是舊城，轉入城市原來的心臟，跟着沿路的絮語轉入百結的愁腸。你們在尋找昔日，一所古老的小廟。老媽媽，沉香閣是在這兒嗎？走進一個又一個門框，跨過舊日的門檻，老廟的骨骼還在，當中放佛像的地方卻堆滿一疊疊紙皮箱。連接的兩翼擠滿人家。一個女子走過來說，後面還住着和尚。快要恢復改建了。但那麼破爛的門廊，擠逼毗連的人家，要恢復原貌可不容易呵。

不要光看破爛的東西！一位老詩人對你們說：要看新建的大廈。可是新的大廈就離得開破爛的過去麼？你想尋找的，大概不光是破爛的東西。城隍廟那兒，前面本來有各種各樣的攤子，後來為了整飭市容，都拆掉了。面對一片空空蕩蕩，教人忍不住想像那一度有過的熱鬧聲色。曲曲折折的欄杆，通向湖心亭，是喝茶的好地方。水裏還有游魚。英女皇伊利沙白來的時候，也在這裏喝茶呢。游魚多麼悠閒。古意盎然了吧？但是，你知道嗎？他們現在下午都不賣茶了，賣可樂和咖啡，賺的才多呀！

沿着最熱鬧的南京路走，大家還是在說過去的四大公司：現在的上海服裝公司，即是過去的先施公司；上海第一公司，即是過去的大新……車子經過一幢大廈，圍起來拆卸重建，是過去的永安公司，本來打算重建後專賣外國貨，但因擔心資金外流不能這樣做。但新公司仍然跟永安有關連，好像就叫新永。這裏那裏的，改變一點點；即使改得更徹底，也總跟過去有千絲萬縷的關係。站在街頭，你的朋友總會跟你說：「那就是大光明！」又或者：「過去的百樂門就是在這個地方！」他們好像也知道你是專來看它的過去的。

一下子，過去人家寫過的上海都到眼前來了。你想看看霞飛路是什麼樣子。汽車經過淮海路，有人給你一一指出過去那些白俄和猶太人開的優雅的咖啡館的所在。你可以想像，一個人在寒冷的夜晚，緩緩走近了燈光明亮的窗子、帷幔和鮮花、提琴的樂音、咖啡和醇酒的濃香……一面牌子，用簡體字老實寫着價錢。窗子或大門破了。天鵝儘管還叫天鵝，已經不是原來的模樣。舖子都換成不同的舖子，看起來也不同了。在過去，這一帶的房子有寬敞的花園、優美的建築，住過名人、富商、外僑，也住過品流複雜的人……現在一株一株法國梧桐，仍然生長得那麼茂盛，片片葉子，庇蔭着下面的芸芸眾生。

結果你總是問：「張愛玲當年是住哪一區？」「哈同花園在哪兒？」「徐悲鴻當年在這兒工作，有留下他的紀念館嗎？」「新月書店在哪兒？」「聖約翰大學即是現在什麼學校？」「你們這些現代派當年通過什麼途徑接觸外國新作品？法文書店？那是在現在的什麼地方？」

你在西安接觸到的歷史都上千年。但在上海，種種文化符號總令你敏感於這幾十年來轉變了或者沒有轉變的地方。這不是傷感，大概也不是無分彼此的懷舊，而是由這城市引起的一種模糊的、對歷史的意識。艾高（Eco）在他的書裏說到美國人對「擬真」的興趣、中世紀風的熱潮、商品社會裏重建歷史的手法。如果你在美國德州詹森圖書館看到對某個人物生活細節逼真地重擬的手法，想到美國文化中那種把當下剛逝去的瞬間當成過去、把歷史削平、複製成為消費品的做法；那麼你會發現在中國看到過去幾十年對待歷史的態度似乎又是另一個極端了。你在各地旅行，看到文化大革命對文物的嚴重破壞，在香港也看到拆下走私偷運出來的文物，你在報上讀到某畫家過去捐給博物館的畫作因為沒有妥善保存而糟蹋了。你慶幸許多作家的作品像文物出土一樣得以重印出來，又惋惜那麼多東西浪費了。我們仍聽到誰的手稿或譯稿在文革時抄走，仍沒法找回來。另一方面又總見到許多人把歷史瑣碎化、把資料私有化、把文學研究片面化，強調某一面而抹煞另一面……如果說奇怪美國人把他們那麼淺近的歷史誇張而隆重地反覆重塑出來，那麼更奇怪的是：中國的歷史如此豐富，卻總像隨便丟棄、遭受日曬雨淋、被人用筆塗花、或鎖在黑暗的房間裏發霉。好像誰都可以在歷史的石壁上用油漆塗上自己的名字表示到此一游，或者狂妄的大筆一揮，叫一個流派或一疊作品在文學史上失蹤。歷史不是那麼容易一筆勾消的。你我卑微地考古着昨日，翻開一本發黃的雜誌看到過去，在一條曲折的小徑上前行，問起昔日的舊名，看現在的風景……

關於〈時空的漫游〉

樊善標　許迪鏘

七八十年代在香港興起的內地游記熱潮，背後有深刻的社會因素。內地的開放政策喚起了香港青年一代的民族感情，但前一階段的歷史以及香港開始面對的「九七問題」，又提醒了他們政治的可怕。多年來也斯對游記體裁和「游」的概念都表現出濃厚的興趣，認為「從旅行可見到人與世界萬物的關係」，「走入萬物，觀看感受所遇的一切，發現它們的道理」（也斯〈游記的視野與性情〉）。本文主要內容是對中國文化現狀的評論，與抒發古昔文化情懷的游記相比，也斯的興趣更在於當代中國。他力求「挑選不同的角度，或者把固定的東西拆碎重組」，這「不同的角度」、重組的方式，當然都不是隨意的。「發現」的重點是戳破表象、掌握真實的歷史，如本文反覆詢問、說明歷史是什麼、要怎樣對待歷史。同樣重要的是，也斯在談論中國時，同時建構了他的香港論述。（樊善標）

像〈富春江的輪渡〉，本文展現也斯「長鏡頭」式（或教科書裏所謂「移動觀察」）的游記書寫。但文字的優勢在於他可以不時把「鏡頭」移向過去，以至於未來，而且，在行文的語調中，蘊含也斯典型的細緻而沉潛的抒情，有懷緬、認同、諧謔和期盼。（許迪鏘）

富春江的輪渡

記憶是不可靠的東西。我記得游罷富春江，在旅館寫下一點什麼，寄給朋友。但現在回想起來，寫過什麼竟完全記不起來了。問起朋友，朋友也記不起了，還說：「只記得你說又趕又累，我就不明白你為什麼還要游江。」又趕又累？奇怪，我印象中不是這樣，另一個人另一個角度看來卻是這樣。我當時感到十分奇妙，把感覺寫下來，想告訴另一個人。但那是什麼呢？寫的人和讀的人都記不清楚了。

那是在杭州最後一天，還有幾處名勝可去，還有館子可上。到杭州怎能不上樓外樓？但我真想看看富春江。要到富春江來回就很趕，其他名勝就不能去了。最後我們的杭州朋友任我決定，我猶豫了一下，說：「還是到富春江去罷。」我高興看到，我們的上海朋友微微點頭，彷彿贊同我的選擇。

個多小時的車程，就到了富陽。那是郁達夫的故鄉。我們走上鸛山，在半山的綠蔭裏找到了郁家故居。好像並不是真的故居，是後來重建的陳列館，但樓下的木柱，樓上的木欄，都剝落斑駁，顯得頗有一段歷史了。我們走進裏面，看到紀念的字畫，「浩氣長存」、「山高水長」……，也看到書籍、家具。文字的介紹，可以令我們了解作家的一生麼？也許。但總有那些文字無法概括的、公眾記憶以外的一個郁達夫。我們在附近倘佯，作家彷彿也在我們身旁走過，與我們一同在六角亭裏坐下來，抬起頭，唸着那副對聯：「劫後湖山誰作主，俊豪子弟滿江東」。亭前有一匾額，好像是茅盾先生手書的：「豐松挺秀」，紀念郁華、郁達夫兄弟。郁達夫既是烈士，也是詩人；既嚴肅，也頹廢；既慷慨激昂，也溫和細緻。我們靠文字喚起一個詩人。他自己寫過的文字，別人紀念他的文字。用一對對聯、一幅字畫、一行詩、一句話。有些文字令我們記起一個人，有些文字令我們忘記。我們在滿山綠蔭裏走過，走下石級，坐在亭子裏休息。想像好游的詩人正和我們在一起，正如他在游記中寫的那樣，默坐、談天、吃魚、喝酒、喝茶。「同領山亭一缽茶」。上聯是什麼？忘記了。你忘記了的事物就掉入無底深淵，永遠無法喚回來。詩人用文字抵抗遺忘。不管他生前受到多少誤解，許多年以後還有人讀他的文字，用他的眼光看他的故居、少年時讀書的地方、大香樟樹下的平台，想像他的眼光怎樣眺望下面流過的美麗的富春江，當他站在這山上，這富春江轉折處一頭鸛鳥那樣的山上。

我們乘車往桐廬，兩三個小時來到桐君山，來到這依山傍水的城市，沿着熱鬧的長街，走到盡頭看見渡口，下午有一班輪渡沿富春江回到杭川。我們還貪心，想看嚴子陵釣魚台，便又再乘車，一小時左右到了一個地方（是七里瀧嗎？是七里瀧罷）。但往釣魚台的渡船剛走了，下一班要等一兩個小時。如果去釣魚台，就趕不上乘輪渡沿富春江回杭州，如果要乘輪渡，就不能去釣魚台了。多可惜呀，在旅途上我們總是面對這這那那的選擇，受制於時空的約束不能隨意漫游。

總是這樣的。你置身在這一個渡口，就不能同時暢游另一片風景。如果是郁達夫他會選擇什麼？我是說沒有游過富春江的郁達夫，如果有這樣的一種可能的話。至於我們，不願放過游江的長程，選擇了輪渡。

於是又乘車回去桐廬。渡口已經擠滿人。乘自行車的，挑着籮筐的，擔着蔬菜和工具的，一下子全擠到船上了。好不容易才找到幾個座位，又亂又擠又熱又吵，但一旦開船，置身富春江上，你就覺得都不要緊。風景補償了一切，這選擇沒錯。

望出去，窗框限制了你，又引誘着你。

那便索性跑到船艙外面去，坐在船舷邊，直接面對江水和兩岸的風景。粉藍的天空和江水是同一個顏色。遠處的山影也是藍藍的，只是在中間有一列綠樹，綠蔭的近山，扯得很稀薄的雲，不然就一切都是那淡淡的藍了。船上亂糟糟。雞咯咯地叫。這輛自行車翻了，壓到那個籮筐上。這個坐在地上的人擋了別一個人的路。飲品的紙包扔在地上。鋪在地上的膠布被風吹起一角發出「花花」的聲音。但水波那麼溫柔，輕輕翻動着幅幅光影，把人心頭的煩亂都熨平了。

你回望遠去的風景，你看着前頭要來的。你不用兩邊奔波，自然看到山和島的兩面。當你不怕有什麼遺漏和失落，你就泰然了。船在動，給你帶來許多觀看的角度，讓你與山水有許多親密的接觸。

奇怪，我們明明是處於時空的限制之中，但又好像有了一種超越時空的自由。我們明明要趕車趕船，疲累不堪來爭取這一段風景，現在卻又好像無限悠閒，暫時忘卻了疲累，重新變成自己的主人，從萬千變化的時間之流裏，靜下心來，打開一幅畫卷。

坐着輪渡看富春江，確像打開一幅長卷。一節一節的畫面，優游地展現在你面前，讓你細賞漫游。當然，這不完全是像黃公望的《富春山居圖》，七百多年前那位富陽畫家畫出的畫卷，沒有焚掉，沒有陪葬，卻也許有了時間的斑點、歷史的皺痕，這已經是一幅現代的富春山居圖了。

你的眼睛在漫游。這一段景色平遠靈秀。一抹綠色成了中分的地平線，一列綠樹、背後藍色的山巒、天空的白雲，在下面應出了回聲：一列綠樹，背後藍色的山巒、天空的白雲。你一時分不清哪是真實，哪是藝術的倒影，抑或兩者根本是天生對稱的圖形。

船泊近一個渡口。一枝枝波浪形彎曲的枯樹，來往的人，三兩房舍。綠色草坡。姑娘紅色的衣服。

啊，這一個小丘禿了。大概是採石的關係，連綿的綠色中，忽然一幅土黃的疤痕。

手卷舒開，露出另一脈青山。

好像什麼也沒有發生過，又是渾然的自然美景。未經人工開鑿的。

又一個渡口，有人運貨上船。

你的眼睛在漫游。溫柔的藍色包裹你。景色不呆板，總有種種變化。換一個姿勢。柔波熨貼你，引領你緩緩向前，向前，前面還有新的風景。

又一個渡口。有人下去，有人上來。船緩緩飄前去。

手卷舒開，又一座禿山。

又一個渡口。

船又開動了。離山遠了，望出去，只見一根綠線，上面點點毛頭，是樹麼？我想說什麼，又忘了想說什麼。我想起一點什麼，又忘了那是什麼。

也斯的眼睛漫游

樊善標

富春江是錢塘江的上游，自古以美景稱著，也斯在杭州最後一天有幾處地方想去，最後決定游富春江。他先參觀富陽的郁達夫故居，覺得那幢似乎是重建的房子、那些陳列品和文字介紹，無法讓他了解作家的一生；接着乘車到桐廬的渡口，經過幾番周折，終於上了「又亂又擠又熱又吵」的輪渡，但他全不介意，因為「風景補償了一切」。接下來，他以「眼睛在漫游」總述所見，然後進入寫景。這是全文最後的四分之一，約五百字。值得注意的是，也斯寫入了一般人不認為是美景的東西：「啊，這一個小丘禿了。大概是採石的關係，連綿的綠色中，忽然一幅土黃的疤痕。」「手卷舒開，又一座禿山。」卻並不表示惡感。至於美景的描寫，則集中在顏色和線條，甚至有意把景物變得抽象：「一抹綠色成了中分的地平線，一列綠樹、背後藍色的山巒、天空的白雲，在下面應出了回聲：一列綠樹，背後藍色的山巒、天空的白雲。你一時分不清哪是真實，哪是藝術的倒影，抑或兩者根本是天生對稱的圖形。」這些感知印象，以及淺白的文句、內斂的感情都和常見的游記不同。

也斯的「眼睛漫游」表面看像一個沒有剪接的長鏡頭。電影裏的長鏡頭美學，原是為了盡量不干預現實，保留現實的完整性，但文字描寫和鏡頭拍攝畢竟並非同一回事，選擇（寫什麼不寫什麼）更深地鑲嵌在文字記錄這種手段裏，〈富春江的輪渡〉本文雖然運用類似電影長鏡頭的手法記錄風景，但對照在郁達夫故居的不滿足，並連繫到前文提到過他對歷史名勝的態度，這段寫景文字似乎在前期游記的靜心感受變化外，增加了破除成見、發現真相的寓意——從「入鏡」事物、感知印象、行文修辭、感情表達各方面拒絕已成積習的「優美」，直面當前。

電車的旅程

許久沒有回去春秧街街市了。在擠迫的店鋪中間，突然從天而降擠出一所酒店。趕去見被我自作主張安排住在這兒的法國友人，經過童年上學走過的街市攤檔，幾十年也沒完全改變。但歲月也不是沒有留下痕跡，站在酒店門前的缺口，可見對面房子煙薰塵聚的黑痕。兩位興致勃勃的朋友，走過看見桶裏的游魚、雪櫃裏的大閘蟹、盆中的蠶豆，眼睛簡直應接不暇。北角當年有小上海之稱，我記得傍晚時分上海館子生煎包的香氣、還有南貨舖酸濕香甜的氣味。當年好似有較寬敞的空間。櫥窗裏擺放麪包和巧格力的白俄餐廳。穿着白色婚紗模特兒的蘭心攝影室，張愛玲曾在那兒留影。我大概知道張愛玲和五〇年代南來文化人住在哪裏。英皇道，走上去是安靜的堡壘街。但如今，我的外國朋友指着電車站對面一枝電燈桿那麼瘦長的新大廈，好似問我那是真是假？那丁方小幅新空間，是上帝從天上插下來的針，裏面真的可以住人？

我該怎樣帶你認識我的城市，當上天和地產商把它變得對我愈來愈陌生了？來到電車總站，不如坐上電車，隨着它緩慢的步伐，走到那裏看到那裏吧。我也不知我們會看到什麼。我以前常想為它分辯，現在我不想為它分辯。指責和雄辯的聲音都變得怪怪的。不如看清楚一點。即使外來的朋友，偶然的觀察，也許未嘗沒有意思。我們的法國作家，架上黑眼鏡，一邊向我解釋：眼鏡破了，現在只有架上黑眼鏡，才看得清楚。你會帶着對科幻小說的興趣，想像一個奇怪的未來世界？肘邊擦過屋宇，那麼近，嚇了一跳！手臂差點沒有了。你在尋找一棵樹？我向你保證，會有一棵樹的，在跟着下來、一個叫做維多利亞的公園裏。至於那位老太婆和她不幸的鼻子、被迫當作象徵而披上時髦的紅漆，也不見得就喚起了殖民地的歷史感。還有對面那幢恍如天賜而大家都不大滿意的大樓，我們就略過那些醜陋的細節算了。你注意到那些虛應故事的仿古。該有窗的地方卻豎了巍峨的大柱。裏面該有的冊頁會不會也沒有而只豎了大柱呢？將來開幕以後再去看清楚吧？也許架上黑眼鏡會看得更清楚。

在銅鑼灣，你看到拐彎處一個小小的空間，光容得下一棵樹的，不禁笑起來了。這就是我們的廣場？唔，不要笑，這兒曾是電車拐彎的地方、聖保祿女生圍坐吃零食的小店、鳳城茶樓、亞洲出版社。這兒也曾是某些文化累積的雛形。在這兒旁邊的豪華戲院，我看到路易馬盧的《馬莉亞萬歲》，珍摩露與碧姬芭鐸參與墨西哥革命。在對面的樂聲戲院，看到積大地的《糊塗舅父》，然後是一齣譯作《慾海驚魂》的黑白法國片，你第一次聽到高達的名字，又被短頭髮認真卻溫柔地唸着福克納的珍茜寶迷住了，直至我們發現四座被片名吸引而來的觀眾的不滿。你散場出來帶着莫名的興奮。如果知道多一點這地方的歷史，這兒也未嘗不可說是個我們的廣場。

路都不是筆直的。電車也不總是筆直往前走。在銅鑼灣，它顛危危轉往波斯富街，轉彎時好似不勝負荷，隨時要晃倒下來。但它還是捱過了。我們坐在車上，想過轉車，但又還是留下來，跟着它轉進跑馬地，想經過了擠迫的大街，那兒或許有另一番家居的風景。

意大利家具店、聖保祿中學、阿美高餐廳……你想知道這兒有墳場嗎？有！市場？醫院？墳場？全在前頭。人生需要的東西，差不多都在了。車逐漸慢下來，我們看見迎面而來的人潮。車在綠茵旁邊停下。是賽馬散場。原來今天是賽馬的日子。對大部分人來說，這才是人生最需要的東西哩。

那便等吧。我們這些其他的人。老在等。等人潮過去。等風暴過去。等樓價下降。等災難過去。從跑馬地到天樂里口。一直在等。電車走走停停。從誕生的醫院到墳場，都一路搖過去了。天色愈加陰暗，你只看見幢幢黑影。馬會的大樓。新華社的大樓。今天前面空無人影。靜靜的街角。再吃力往前搖，又停下來。車停在兩旁的高樓之間。好似走不動了。親愛的遊客，你這一次真的有機會去體驗本地人的生活了。包括日常瑣碎、沉悶，避不開又無可奈何的一面，你在想什麼？

灣仔這邊有些舊樓。不是最舊的那種。你想看廟宇、蘇絲黃、人力車、酒吧或是大牌檔的灣仔？這要看你拐右還是拐左。如果你執着於現代主義，我們可以去看包浩斯風格的灣仔街市建築，被一眾庸俗的雜貨檔弄得失去性格了。合和中心還在旋轉嗎？抑或已經變成生銹的旋轉門？我也沒有細究了。家居的藤椅、窗簾和軟枕。蒸炖燜的家常。灣仔不再是蘇絲黃了，但大家記得的還是蘇絲黃。

我跟隨你黑眼鏡後的視線望向兩旁高樓的尖頂。然後我也仔細看看那些小小的窗戶、那些屋頂奇怪的裝飾。真好似從未看過，從未從這樣一個角度看過。你黑眼鏡後異鄉人的角度，也給我們原以為熟悉的風景帶來了陌生。

「為什麼巴士都是空空的，而路上卻擠滿了汽車？」你就會，比方說，這樣問。

車停在路軌上，好似永遠去不到什麼大佛口了。你大概也注意到大家行色匆匆，卻又沒有太多活動的空間？

你可會對太古廣場的時裝店感興趣？對貝聿銘如何在斜坡上建起竹子一樣的中國銀行感興趣？你可想去中銀舊址的中國會看收藏的政治普普、去長征吧喝一杯？如果你幾年前來希爾頓酒店的摩囉街喝過馬天尼，現在你會驚覺它消失得不留痕跡，只有地產商是永遠的。殖民地建築聊備一格，英國人的木球聲變得聽不見了，只有地產商是永遠的。

你的黑眼鏡後的視線，有時停在一點上，有時移開去。你看着這號稱後現代的由福斯特設計的銀行，人才和建材從各處湊合運來。內外上下的邊界模糊了，只留下一對失勢的獅子看着門——可門也不存在了。若果你知道多一點這地方的歷史，你會知道，這兒過去作為英資經濟和權力的中心，前面的廣場不容許蓋建高樓。而現在，廣場上坐滿了人。來自菲律賓的女傭每周一日在這兒聚會，帶來食物和飲品，唱歌跳舞，寫信談天、買賣日用品，興致高昂地傳教和抗議，把這兒變成了每周一次的嘉年華。這比一幅有女王像的廣場對她們更有意思。都市這幅空間是沒有生命的，端看活動的人怎樣使用它，不斷改變它，把它改變成現在的形狀，改變成她們的廣場。

你可有興趣去尋找另類的空間？沿着行人電梯上山去，可以看看兩旁的房子，看看流動的電梯改變了我們對這一帶風景的看法。你突然問：「有什麼地方可以看到一些本地藝術家的作品嗎？」

有的。我們待會且走下電車，走上去，去找一些不要太偏狹太排他的空間、一些可以看到更多不同的生活和風格的、一些不會太封閉的空間。

現在，電車依循它的老軌跡，繼續搖搖晃晃地前進。它經過消失了的舊郵局、經過消防局的舊址、經過關了門的中環街市、整過容的萬宜大廈，正在向上環和西環的舊區駛去，在那兒，你還可以看到一些唐樓：那些高四、五層、樓下是店鋪樓上是住家的舊樓，仍然帶着戰前上海與廣州的風格，宣示了它與過去的聯繫。

一九九九年十一月八日、十五日

香港的標誌

迅清

如果要選一件代表香港的東西，在纜車和電車之間，我一定要選電車。也斯的〈電車的旅程〉其實很像一段放上 YouTube 的微電影，描述坐電車沿途經過的地方：北角、銅鑼灣、跑馬地、灣仔和中環。但 YouTube 錄像的壞處，就是看到現象，但你很難感受到背後的意思。而且篇幅不能太長。觀眾看了三五分鐘之後，發覺索而無味，便會找別的錄像去了。YouTube 的一般影片，能夠維繫觀眾看到最後，實在很難。看完後，又不重看。能夠回憶的空間很少。

所以你應該相信也斯的電車之旅的吸引之處，就是除了描寫，還有議論，有他對這個熟悉的城市的變化中的褒貶。也斯寫種種變化，那些交錯的新與舊、存在和不存在、熟悉和陌生、外來和本土，其實就是他對這個城市的愛。他的感受特別深刻，別有迴響。

有一次我坐電車逆向從中環到筲箕灣，沒有特別坐跑馬地的一段。看到的東西雖然沒有也斯寫的那麼多，但那種滿足令我覺得坐電車是每個想瞭解香港的人必游之選。在筲箕灣總站下車，回頭一望，有些東西跟以前一樣，有些卻不一樣。在天色一片陰暗下，景物彷彿重疊起來，竟然有些魔幻。也斯的電車旅程，沒有寫筲箕灣，也沒有寫西環那端。其實每個人的人生旅程，不一定要望盡天涯路。不記得現在電車搖搖晃晃前進時，是否仍然保留那叮叮的響號。即使記憶遠去，那一份輕輕的叮嚀，念念不忘，仍然無比清晰。

跟宋淇先生吃西餐

周末到電影資料館看五點半的戲，還想看七點半場，買不到票，空下時間，信步走回銅鑼灣。途中經過鰂魚涌，是我熟悉的一區。過去在民新街金馬大廈住過，在糖廠街《南華早報》工作過，再過去，不是寫過稿的《快報》、做過編輯的《星島日報》所在的新聞大廈？抬頭一看，才發覺過去的新聞大廈不知什麼時候已經變成了一幢巨無霸式現代酒店大樓了。

走到北角地鐵站，旁邊新都城大廈舊址還在，酒樓卻早已換了幾回名字。現在叫新都城的是超級市場。小時候在北角，記得在都城戲院看黑澤明電影。後來的新都城酒樓樓下一度開設西餐廳。一九七三至七四年間我在《星島》出版的《文林》月刊工作，宋淇先生每月出來跟我們開編輯會議，大家習慣到新都城樓下的西餐廳吃一頓午餐。

現在這樣的天氣，黃昏到傍晚的時分，叫人想起來宋先生年輕時喜歡那種馬拉美式的散文：「一年之中，我偏好的季節，是盛夏已闌，清秋將至的日子；一日之中，我散步的時間，是太陽快下去了，依依不捨的把黃銅色的光線照在灰牆上，把紅銅色的照在瓦片上的一刻兒。」宋先生早年在上海北京發表過不少這般纖麗瀟灑的散文，部分見於生前出版的《昨日今日》，陳子善編的《林以亮佚文集》又再搜羅了一些。讀《林以亮佚文集》的興味，一方面在「上編」部分美文和談詩論藝的隨筆，一方面在「下編」因應各種機緣寫作的雜文，讓我們看到作者成年的軌跡，在兩個不同社會文化底下的發展。早年作品主要是詩和詩話、書評裏談美術、談戲劇、談翻譯，四八年來港後寫作的興趣還是沿這些方向發展，不過同時夾雜了現實的考慮、文化工作附帶而來的進退周旋。文字和觀點更成熟了，興趣和筆法更入世了。若果補上文化場域穿梭勾連的脈絡，一本文集也許能讀出作者南來前後的兩個世界。

宋淇的成就是多方面的，其中一條貫穿早年到晚年的線索是他的詩和詩話。文集中收了他三十年代到四十年代在上海北平求學時寫的新詩多首，來港後，在較早的文學雜誌《人人文學》（一九五二至一九五六），他嘗用余懷筆名討論五位十九世紀英國詩人：拜倫、雪萊、濟慈、華茲華斯、柯勒瑞基。表面看來，這樣介紹浪漫主義詩人跟《人人文學》的風格很接近，但仔細看也會發覺逐漸有了距離。最明顯的是他跟夏侯無忌、長亭之間的爭論。宋淇逐漸認為詩不是光有感情就可以，感情不過是原料，還得鍛鍊成詩，〈詩與情感〉一文就主要發揮這個論點。

若把《佚文集》中收早期的〈漢園三詩人〉一文對照來看，特別看到他逐步轉變。一九四一年寫《漢園集》書評，把何其芳與濟慈相比，認為〈花環〉是「一粒中國新詩裏最燦爛的珍珠」，到了五十年代在香港寫的〈詩與情感〉，則把〈花環〉舉例作為傷感的濫調了。他認為詩不是感情的泛露，而是收斂與鍛鍊，這是接近新批評的現代詩觀了。

收斂感情，發展知性，這在創作方面最重要的轉變可見於一九五六年以林以亮筆名發表在《文藝新潮》的〈噴泉〉，發表時還附了自我剖白〈一首詩的成長〉，充分顯示現代詩人的「自覺」，在這之後他的詩就少寫了，反而談詩的文字還是一直寫下去。

宋淇後來編譯的《美國文學批評選》、《美國詩選》，都可見到逐步移近新批評的內文細讀、要求現代詩包容豐富經驗而不要濫情的標準。宋淇編的《美國詩選》看來不算前衛，功勞卻在盡邀翻譯好手穩妥地把初期現代詩介紹給中文讀者。宋淇這時的文學口味有世故的折衷、寬容的文明。他說一九四九至一九五〇年夏濟安在香港時，他們一起討論籌辦《文學雜誌》。後來在台灣辦出來的《文學雜誌》果然是一份穩健包容的雜誌，夏濟安的〈彭歌的《落月湖》與現代小說〉、〈白話文與新詩〉等，對後來者多所啟發。夏濟安把夏志清論張愛玲的文章中譯發表。宋淇事忙，但也幫忙寫稿籌操，並把燕京好友吳興華詩作以梁文星筆名發表，影響了當時的年輕詩人葉維廉與蔡炎培。六〇年夏濟安台大學生創辦的《現代文學》在創作和譯介方面有更多發展，作為前驅的《文學雜誌》其實功不可沒。

宋淇這樣一位燕京才子詩人移居香港，繼續談詩論文並不出奇。在內地已對西洋文學有興趣，做了不少編譯工作，後來組織翻譯學會，在中大創辦翻譯中心，創辦《譯叢》也不出奇。倒是他一度參與電影工作，成為電懋影業公司製片部主任，亦在邵氏公司工作過（我今天晚上為什麼想起他？是因為電影資料館正在辦林黛的影展嗎？）這才令人感到意外！但《佚文集》中的文字，也可以令人對宋先生這一面有所理解。

我接觸宋淇先生已是七十年代，那時他在中大，身體不好，仍為星島創辦彩色印刷的大型文藝刊物《文林》。我是初出茅廬的小子，做了幾份商業機構工作都做不長久，頗覺大機構非人之苦。進入《文林》跟隨前輩工作，難得有機會學做文藝雜誌的編輯，最感動是那種文明、包容的氣氛。

我進《文林》工作以前，讀過宋淇文章。他熱心推介的作者，不少也是我喜愛的。他最為人知是邀請張愛玲參與編劇，他對張愛玲，猶如他對吳興華、傅雷、錢鍾書幾位，是忠誠的守護神，推介維護不遺餘力。有他這樣的友人和讀者是有福了！我當時沒有問太多張愛玲的問題，倒是十多年後改編〈茉莉香片〉為舞台劇《香片》，得宋先生徵得張愛玲同意。我那時最想知道的，倒是留在內地的詩人吳興華的消息。

宋先生的文藝修養，令他在《文林》介紹董源、金冬心、黃賓虹、龐薰琹、陳寅恪、蕭伯納、曼殊菲兒、林語堂、錢鍾書、張愛玲、卞之琳、奧登、畢加索、廸嘉、杜飛、魯易斯，令新一代讀者進一步認識傳統墨寶、民國風範、西洋新風，而且也把雜誌作為推廣視野的平台，以敏銳觸覺率先介紹了當代傑出的海外華人作家和藝術家如葉嘉瑩、周文中、傅聰、曾景文、蔣彝、何弢、白先勇、余光中、許常惠、葉維廉、劉國松、白雪仙。

但以我的觀察，他在他自己的刊物上用力最多的，反而不是在談最心愛的作家藝術家。為了刊物的銷路，照顧陽春白雪的讀者，他反而寫了不少介紹通俗文化的文字，如阿治彭克的電視節目、以美汽車業為題的流行小說、瑪麗蓮夢露的照片、珍娜·羅露寶烈吉姐的攝影。所以《林以亮佚文集》的讀者讀到下編〈翻譯、幽默、林語堂〉、〈可口可樂與熊貓〉、〈紅蓮、瑞士錶，尺八、年紅燈〉，〈蕭伯納在中國〉，會發覺一種比上集的藝文談更親和入世的輕快風格，到再看到〈美國的生死關頭〉、〈瑪麗蓮．夢露十年祭〉、〈從紅星到攝影師〉、〈擁有六千萬觀眾的電視節目〉、〈阿治．彭克妙人妙語〉、〈《巧婦持家》與香港電視〉更是奇怪，會覺得彷彿是出自另一人手筆了！

宋先生這些文章，若放在香港文化脈絡來看，可以看見一位辦雜誌的文化人融匯不同口味的苦心。因為不少文章正是配合雅俗共賞的專輯而寫。若從五十年代文化人看，可見從內地精英文化轉到香港面對環境作出的轉化，也見出他的智慧。但我更想說：他對普及文化的興趣，並不僅是一種紆尊降貴的策略，他亦從中得到樂趣。

他早把瓦歐（Evelyn Waugh）的 *Brideshead Revisited* 譯為《興仁嶺重臨記》。這本一九四五年出版的小說，不少批評家認為失水準，卻為讀者歡迎。當代讀者或會熟悉二〇〇八年朱利安查洛（Julian Jarrold）導演的版本《故園風雨夜》，資深一點的觀眾記得一九八一年英國據此攝製的電視片集（一九八二年在香港英文台播出）。其實宋先生早於五十年代已計劃翻譯此書，並且譯出了第三章刊於《文學雜誌》。宋先生在八十年代看到這電視劇，大為讚賞，正如他談這書改編時用的標題：他的理想也不是曲高和寡，而是「曲高和眾」！

少年的詩人才華洋溢，桀傲不群，知天命的編輯經歷了艱難歲月，有所堅持，亦有折衷，仍望凝聚社群、傳承感染、移風易俗。我們孤立看《佚文集》最後的〈雨戀〉一詩，對詩藝要求不免失望，這當然不能代表他最好作品，但如我們翻回《文林》第三期，就會明白這是「業餘作曲比賽」作為讓作曲者發揮的歌詞（後來的得獎者包括曾葉發和曾郭秀麗），也是刊物向年輕一代推動文化，培養人才的嘗試之一。

《佚文集》難得地選入原以歐陽恂筆名發表的〈介紹龎薰琹的畫〉，相信是到目前為止較早也較少數談龎畫的文章，但這不過同時發表在第三期其中一篇文章而已。作為總編輯，同期還以林以亮之名寫了〈致讀者〉，邀來柳存仁寫〈新發現的蘇聯藏八十回手抄本紅樓夢〉，然後以宋淇之名補白一篇〈食在紅樓〉。他當然亦同時策劃了波爾與往屆諾貝爾得獎主小輯；莫扎特音樂小輯（兼及廸飛畫作以及用莫扎特、域華蒂音樂的瑞典電影《愛薇拉馬蒂根 Elvira Madigan》）；既介紹箋紙歷史又精印十竹齋箋彩圖；請來老友高克毅同期也一氣化三清，既有中英對照的灣區華夏小品，復以喬志高筆名介紹美國專欄作家包可華兼譯出怪論。編者都沒有閒着，在介紹美國怪論名家包可華之餘，也不忘圖文並列本港的怪論名家三蘇。同期還有陸離訪問白雪仙與雛鳳們。一份雜誌的編輯要兼顧私人和公眾口味，介紹傳統和外國精萃也不忽略本地成就，需要的就是洞悉人情世故，亦能包容多樣的胸懷了。

宋淇身體還好時，每月出來與我們開編輯會議，中午就到新都城吃西餐。

我在北角長大，北角過去有高級白俄餐廳溫莎，中價的餐室像美都、美華、上海館子、老派的北大茶室，茶樓有麗宮、雲華，也有像夏蓮那樣優雅的小咖啡室，後來也有夏天賣雪糕冬天賣臘味的皇上皇、電車站附近賣蝦子麪的小館。到了七十年代，舊式工廠逐漸邁向現代化的年代，民風仍然純樸，一般人還未習慣上大酒店、吃自助餐。新都城屬於稍好的中價西餐，供應午餐，整潔安靜而不奢侈，午餐的湯和主菜都恰如其分，文明理性的討論，夾雜文壇掌故、昔日趣聞，是跟我過去幾年在報館和人事傾軋的大機構裏很不同的氣氛！

四十年代的電影，像柯靈和桑弧的《假鳳虛凰》裏，就有理髮師冒充洋行經理請女朋友吃西餐大出洋相的場面，直至五十年代的香港電影，還是屢試不爽的搞笑橋段。清末民初以來，喫洋飯也如引進西學種種，經歷不少扞格尷尬的場面。宋淇父親宋春舫本是深諳西方戲劇的先行者，遇到不理解的乇姆還要被他嘲笑。到了宋淇，才可以心平氣和解釋，為他父親平反。我七十年代出來社會工作，接觸到包括宋淇在內的一代前輩，印象較好的往往是他們行事帶一種溫和的洋化派頭。那種洋化已不是浪漫詩人的自我宣揚，而是一種中年的內斂包容，離開偏激和自憐，文明對待感情和工作，慷慨，或至少平等地對待其他人。

宋淇在上海已有編劇經驗，後來他和友人在電懋監製和編劇的都市電影中，也有這種溫文，見諸包容諒解的父親，不再執着糾纏的戀人，如咬煙斗穿西裝頗有風度的王引。這樣的人物，以及乘坐飛機郵輪、開汽車兜風打網球的情節，放到六十年代的民生中，有時有點脫離群眾，但也提供了另外的都市想像。作為七十年代成長的青年，當時對於這樣的想像，比對民族主義偏狹的排他性，似乎一般都更容易認同。奇怪的是，作為反叛青年的我，當時已經譯出加洛克、金斯堡等搜索一代作品，正轉向拉丁美洲廣袤的文化，着迷於另外一種洋化，對於摩登的都市面貌其實不是最感興趣。反而是由於洋化的宋先生，提供了另外的角度去進入傳統藝術和文學、翻譯和文化磋商，加深了對編輯工作的認識。

宋淇先生對詩、對文學藝術的熱心，感染了我們，至今未嘗止息。

二〇〇九至二〇一二

跟也斯食豆沙鍋餅

李孝聰

《浮世巴哈》中收入了多篇憶述文壇前輩，如葉嘉瑩、沈從文、宋淇等的文章，這些人都曾直接或間接的影響也斯，其中，前後寫了三年的〈跟宋淇先生吃西餐〉（下稱〈吃西餐〉）一文最為人稱道，文中寫他與宋先生的交往，寫出了香港上一代文人的風範，也側寫了香港當年的文學風景，讓我們看到也斯，以至香港文學是如何一路走過來的。

文章由也斯路經鰂魚涌開始，回憶跟宋淇先生食西餐的舊事，那是一段也斯非常懷念的日子，不是貪圖西餐美味，而是餐桌上「文明理性的討論，夾雜文壇掌故、昔日趣聞，是跟我過去幾年在報館和人事傾軋的大機構很不同的氣氛」，雜誌那種文明、包容的氣氛，使也斯一直緬懷不已。

手邊有一本一九七三年十一月，《文林》的第十二期。當期專題是聶魯達紀念專輯。聶魯達九月離世，雜誌十一月已推出長達二十一頁的專輯，文章包括主要由也斯和吳煦斌翻譯的聶魯達的詩文，其他作者還有陸離、淮遠，李國威等高手。除專輯外，同期還刊出了張愛玲漢英對照的〈五四遺事〉，宋淇的〈文學作品的翻譯〉。現在重讀這本於五十年前出版的雜誌，內容紮實，使人不能不佩服主事者的識見和魄力，也可以想像到也斯當時在這裏工作的愉悅與興奮。也斯寫人的文章素來平實，他不喜煽情，更不歌功頌德，他只是細述宋淇先生在當時環境下所作的各種努力，如他對西方現代文學的介紹、翻譯，對張愛玲、吳興華的扶助、推介，對年輕作者如也斯的提掖、鼓勵等，使我們看到宋先生待人開明、熱誠的特質之餘，也凸出了他對香港文化保育、傳承和連繫方面的貢獻，而這一切放在香港當時的大文化環境中，意義尤其重大。

我在七五年加入大拇指，大拇指由也斯和一班年青作家成立，多年來一直推廣文學、藝術，鼓勵創作，那時編輯排版就在也斯的家，有時晚上工作完畢，大家會到附近宵夜。印象中去得較多的是上海館喬家柵，大家一邊食豆沙鍋餅，一邊談文論藝，互開玩笑，隱隱然也有些當年《文林》午餐的氣氛。現在想來，也斯是不是也是受宋先生感染的呢？〈食西餐〉的結句是「宋淇先生對詩，對文學藝術的熱心，感染了我們，至今未嘗止息。」然後，也斯又感染了我們和更多年青人，至今未嘗止息。

城市的誘惑．城市的挑戰

我一九四九年春天在廣東出生，夏末秋初就隨家人移居香港。後來我媽媽說我一歲多才來香港，有段時間我還以為是早一年出生。後來才弄明白她是家鄉的說法，落地就算一歲，難怪我對鄉下完全沒有印象了。

初來香港整個大家庭十多人住在旺角砵蘭街，那裏當時還算是近海的住宅區，是好地方。不過我也還沒有印象。

我爺爺是舊式知識分子，既然逃離，就想歸隱田園，躬耕南畝。終於給他在香港仔黃竹坑鄉村找到十幾畝農地種菜，還搭起豬欄養豬，四、五所房子住人，心想從此摘菜東籬下，悠然見着南塱山了。我的童年，就是在鄉村長大，熟悉香蕉、木瓜與番石榴樹的芳香，黃菜田間紅頭蜻蜓與蝴蝶、甲蟲的飛翔。過年過節殺豬宰雞、屋外換上爺爺新寫的揮春，爆竹聲從早到晚響個不停。孩子們新棉襖的口袋一邊裝滿紅封包和糖果，一邊裝滿散裝的小爆竹，手拿一根線香，踏過田徑到處去惡作劇了。

香港這城市在五、六十年代經歷很大變化，也由農業逐漸轉型為手工業、輕工業的製作。大家庭中年輕分子，像我的舅舅和阿姨，開始到城市找工作。我的母親也在城中謀到小學教職，我在小學五年級時，終於也從鄉下搬到北角來讀書和生活了。

那時的北角，還遺留着五十年代小上海的痕跡，對從鄉下出來的孩子，特別感到街道寬敞、清潔整齊。英皇道上還有高級的白俄餐廳溫莎，櫥窗裏擺滿巧克力、新鮮出爐的麪包糕點，復活蛋和聖誕蛋糕，慶祝跟鄉村不同的節日。上海店黃昏時生煎包出爐的香氣，吸引了排隊購買的人潮。西餐廳美都、美華帶來不同的西餐、不同的飲食禮儀。廣東的北大茶室、麗宮和雲華，供應精緻的點心，冷氣和沙發，帶來與香港仔海邊漁民茶居不同的排場。茶居門前的報攤，放滿雅俗並存的中英報刊，有時還有新出的文藝刊物。家中訂閱的日報晚報，中英兼顧、左右並存，讀的人也就習慣了從比較多元的角度認識社會，從報紙的副刊欣賞文藝。沒有絕對的真理，就從相對的觀點參詳吧。晚上店舖關門後英皇道地攤上的舊書舊刊，有時也讓我們認識一點這城市的歷史，知道以前有什麼人做過什麼事。都城戲院放映的《用心棒》、《穿心劍》、《七俠四義》是雅俗共賞的娛樂，也令我們大開眼界，認識香港以外的亞洲大師黑澤明的現代視野。

走在當年寬敞的英皇道上，來自鄉村的孩子目不暇給，在明園西街窄巷的金魚攤子前流連忘返，在不同的報攤前瀏覽那些五光十色的都市報刊，嘗試從裏面找出一些新名字新品種。走過夏天賣雪糕、冬天賣臘味的皇上皇，曾試去理解城市人奇怪的分辨季節的方法。走過高級的咖啡店或時裝店，用無限好奇的眼光觀察那自己生活圈以外的生活。造寸時裝、蘭心婚紗攝影、華納鞋墊、雲華洋服，都是鄉村所無的事物。許多年之後看到張愛玲攝於蘭心的照片，才又知道五十年代的她、宋淇夫婦，大概都住過英皇道附近。劉以鬯住在堡壘街、司馬長風住在繼園台。金庸和不少文化人、報人都住在北角。七姊妹道過去，靠近麗池那邊，是新聞大廈和明報大廈的舊址、糖廠街是英文《南華早報》所在。這都是不少報人工作和生活的地點。直至我自己也參與了這兒的工作，不過那已是我讀完書出來社會工作，上世紀七十年代的事了。

回想我最先對都市的認識，確是帶着鄉下孩子的好奇與迷惑的眼光。自己喜歡在都市的角落閒蕩，總會找到鄉村找不到的新奇事物。到自己通過報刊和圖書館去找書來看，也學習寫作投稿，更加深了疑問：偉大的現代文學都以城市為背景，喬哀斯從《都柏林人》到《優力栖斯》寫都柏林、波德萊爾有《巴黎的憂鬱》、艾略特的《荒原》是倫敦背景、卡夫卡是布拉格的兒子，為什麼大家都不寫香港這都市、還沒有一本香港都市的作品呢？

但我逐漸發現，其實不是沒有人寫過香港，是有的。每個時代都有。二十世紀開埠以來，不同的中外人士，由於不同原因，來到這小島長居短住，都各有自己感想，都有就自己立場寫成的故事。

但我們最先讀到的一些香港故事，有很多是帶着先入為主概念寫成的。

五四以來的中國文學有一個偏見，往往以鄉村為純樸、都市為狡詐，連我們最喜歡的沈從文也不例外（雖然他的細緻往往有助打破框框）。我想這當然有歷史的理由，中國在二十世紀初遭受列強欺負、簽訂種種不平等條約，割地喪權，自然帶來許多屈辱的感覺。通商口岸外商的特權、租界、殖民和半殖民地的扭曲生態，工商業的剝削，自然也使許多人對於西化、對現代城市發展只見其害不見其利。在文學的範疇內描寫城市生活就只有紙醉金迷、洋場惡少的一面，較少思考城市發展的內在需要，以及也可能具有的理性文明的一面。

我們戰後或四九後在香港長大的一代，在五十年代開始的閱讀經驗中，當然也讀到五四救亡文學中的家國之情、繼承一九四二年延安文藝座談講話的態度來寫香港的戰鬥文藝、甚至到了七十年代，也仍有刊物作者鼓吹舉起批判寫實主義的大旗，較溫和的亦有以現代文學為摹仿西化末流，這種想法甚至到現在仍有的。

但在現實生活的體驗中，我們在長大過程中，亦同時感覺到都市生活在交通、資訊、醫療、教育方面帶來的方便；秩序、文明、法律各方面的必要；開放、多元、尊重不同生活態度帶來的好處。

當然香港仍是從一個充滿缺點的殖民城市開始，面對許多不公不平，才由民間有心人開辦義塚義學、各種福利事業，爭取逐步改良教育、住屋、法律、貪污諸種問題。其中有些做出成績，有些基礎亦未穩固。在不同時代的政策、不同政治經濟操縱之下，亦有進退反覆。

我完全無意美化城市，尤其無意美化我們生活其中的香港都市。生活其中，尤其感到其中的欠缺傾側。地產商多年來經營起來的霸權，令大部分市民無法安居。過分強調發展，令原來漁農萎縮、生態失衡、自然環境大受破壞。無限制地偏向商業發展，不僅漠視人文精神、文化修養，實際上更造成惡性競爭、環境污染、價值混淆、生活素質的趨下。本來可以發揮言論自由、監察權勢的傳媒，亦有部分會因集團利益而不辨黑白、混淆視聽，令人惋惜。

生活在城市中，有時感到它的自由文明，但有時也感到文明帶來的拘謹、自由帶來的放任自私。還是得自己不斷調整。

在文學創作方面，在香港長大，也是在逐步摸索去認識城市，尋找不同的方法去書寫城市。在創作之餘，由於不同的機緣，也零星寫下有關文字，向自己和別人弄清楚都市文學的特色。其中有接近學術的討論、有對談、有訪問、有書評、有隨想，從不同角度思考都市與文學的關係，去想文學如何可以從不同深度探測城市的精神。

生活在都市中，發展得不好，空氣污染、食物不潔，容易令人生病。城市病了，人也病了。我也不能倖免，體會到其中的代價。真的希望追求一種平衡的生活……

二〇一二年十二月

導賞

也斯最後的話

李孝聰

從電影院中出來，安哲羅普洛斯《悲傷草原》的懾人影像仍在腦中迴蕩，也斯平靜地對我說，最近我病了。其實我早在其他朋友口中知道他患病的消息，我勸他多休息，不要太操勞了，不過後來知道，患病後，也斯比之前更勤力，《浮世巴哈》中的七十二篇文章就大都是在他確診後所寫。

書中最後一篇文章，〈城市的誘惑．城市的挑戰〉細述他成長的經歷，回顧自己是如何接觸文學藝術，走上創作之路。一如以往，他的語調節制，沒有感傷，沒有憤慨，平實的自道身世，卻處處流露出深厚的情意。我比他小五年，一次閒聊，發現大家原來讀同一小學（不同分校），彼此的成長環境相近，所以讀到他寫小時街上所見，份外親切，心想，我們會不會也曾在街上某處碰過面呢。

在香港成長，也斯念茲在茲的一直是香港文學、香港故事，他為很多人對香港文學、香港文化的忽視、誤解而痛心，多年來，除了身體力行，以創作譜寫香港故事外，更透過不同形式，讓大家認識香港。這其中，包括了我。一九七五年，我在他主講的香港文學課程，開始發現原來「並不是沒有人寫過香港，是有的，每個時代都有」，而且十分出色。當然，不同的人寫香港，

「各有自己感想，都有就自己立場寫成的故事」，也斯也有他自己的想法和立場，但他深明兼容並包才是香港的特色，所以不會抹去與他文學取向或寫作風格不同的作品、作家，我就是經他而認識《海光文藝》、《海洋文藝》和何達、葉靈鳳。也斯對香港有深厚感情，但他沒有無視香港的缺點，文章中，他語重心長的提醒我們注意香港的不足、我們應好好珍視的東西，我們要面對的挑戰。文末他說：「城市病了，人也病了。我也不能倖免，體會到其中的代價。真的希望追求一種平衡的生活……」

句末的省略號彷彿在提醒我們，來到最後的一程，也斯仍有很多話想說，文章寫於二〇一二年十二月，二〇一三年一月，也斯離開了我們。

輯三
也斯的小說旅程

越界的行程是；
對「游」的題材的喜愛、
對不同空間的探索、
對「異」文化的接觸與反思……

《越界的行程．後記》

找房子的人——送給C和C[1]

一

他們走進寬敞的大廳，打開通往外面的幾扇窗，白色的窗簾擦着窗飄起來。他們推開門到外面的露台去。一群鳥兒拍着翅膀飛起，風吹來吹亂了頭髮；而在前方，是港灣外廣闊的海洋，正帶着點點太陽的閃光。這個男子和女子站在這兒眺望海洋，背後白色窗簾蓬蓬地翻起，成了一幅不眞實的背景。他們在那兒站了許久，彷彿要盡量享受這片刻的氣氛。然後才回過頭，向帶他們進來而現在站在客廳鏡前的管理員詢問租錢。租錢並不便宜，但他們沒有討價還價，也沒有提到遠離市區上班交通不便的問題。女子就去看浴室和廚房，男的就探首看樓下的花圃。他們問了一些管理的問題，一邊在屋子裏兜圈，好像飛翔的昆蟲圍繞一朵心愛的花。沒多久他們就算好付按金的日子：就明天，不，下星期一吧。他們在關上門之前，還回過頭來依依不捨地看這房子一眼，就好像擔心管理員會趁他們不在的時候把它租掉似的。

二

走到馬路上，他們還在讚美這屋子，陶醉在遷入以後如何佈置的問題上。配合這新的屋子，他們有了新的生活計劃：他們要每天清晨很早起來，坐在露台上看日出，吃過早餐，做一點事情才去上班：女的要編織一套七彩的掛氈，而男的則要用木做一套動物玩具，準備給他們的孩子。他們說着說着，最後女子說：「這房子眞漂亮，如果我們眞的租下來就好了。」男子回答說：「可是你曉得，如果我們付了按金，就沒錢付租了。」

於是男子從手提的大布袋裏拿出一份報紙，繼續看招租啟事。他們今天已看了五十所房子了。這是他們每個星期日的消遣。就像人家上茶樓或燙頭髮一樣，他們從看房子得到很大的樂趣。現在這男子翻看報紙廣告欄，看那些還沒有被紅筆劃掉的啟事：「『沙灘上

---

1 原刊《大拇指》第63期，第6版，1977年9月15日。後收入台灣遠景出版社出版的《大拇指小說選》（1978）。在這篇早期的作品中已觸及「旅途」和「尋家」這兩個也斯日後作品中經常出現的主題。

的古堡』，但這要退潮時才露出來，現在時候不對：『霓虹大廈』，這要下雨才出現的⋯⋯呀，有了，這兒說青山附近，還有一些別墅出租。」那女子說：「會不會是我們上月問的那兒？不要又走回去才好。」男子搖頭說不是那一間。女子卻放心不下。

他們繼續走前去，有時在路上可以遇見背着背囊旅行的男女，他們也彷彿是同路人。女的說：「你記得那次我們連按金也付了嗎？」男子說：「是呀，那人那麼好，我們不好意思看了就算，而且那地方也好，我們當時眞是想搬進去的。」女子說：「後來他們還打電話來催過好幾次！」

他們沿着小徑，在兩列松樹當中走上山去。半山那兒有許多白色發光的漂亮房子。他們只在電影或畫片中見過：這些房子裏面總是有寬大的地毯和壁爐，男人們坐在那兒喝酒或是玩撲克牌，好像無憂無慮的樣子；而女子們則會穿着美麗的長長的花裙，懶洋洋地躺在草堆中，他們想：倘若自己租下了其中一幢房子，便一切也改變了，一切煩惱都不存在了，自己會變成不同身份的人。這時他們經過一座哥德式的尖塔，正想走近看看這美麗的建築，忽然湧出一群兇猛的狗兒，向他們狂吠。他們退回來時，瞥見塔上一個小窗中有一張憂愁的少女臉孔，恍如童話中那被囚於塔中的公主一樣。

他們走上前面的水塔，跨過一片雲。他們沿着門牌，在不可能有屋的地方找到一幢屋。在這巴洛克式的建築物前面，他們按了鈴。狗立即吠起來。隔了許久，才有一個白髮的老頭兒來應門。他懷疑地打量他們。這男子說：「請問這兒有房子出租嗎？」

三

中午的時候，他們來到一個沙灘休息。他從袋子裏取出一塊黃色的布，把它鋪在沙上，又拿出麪包、紅酒和乳酪，就在這兒野餐。她取出一頭小小的紅色的鳥形花瓶，把它盛滿水，放進一兩朵沙灘上找到的小白花。對他們來說，不管去到那兒，只要在這瓶裏供上花，那兒就是家了。吃過了東西，他們就躺在沙上曬太陽，不為什麼地跟一頭麻雀打招呼，又沒有什麼目的地花一段時間跟海鷗閒談。沙灘上有一個洞，其中一個住着一頭蟹，牠偷偷伸出頭來，眼睛兩邊張望，然後趁沒人注意的時候，就偷了一大塊麪包屑回到洞裏。他們發覺了，往蟹洞裏窺望，只見牠安坐在屯積的偷來的麪包屑底下，好像僵死了的樣子，動也不動。他們也不去管牠，男的就繼續吹海風，女的就用手揚一撮沙，讓它緩緩落在地上，形成一個隆起的小丘；過了一會，她又用手去摧塌它。

「你記得我們住在街市附近的那房間嗎？」

（記得的。他們都記得先後住過的房子。他們幾乎住遍香港的每一區。他們住在山邊，遇上山泥傾瀉；住在漁村，豪雨帶來水淹；住在機場旁邊，飛機飛過震破了玻璃；住在電力廠對面，電力廠發生爆炸，他們住的舊樓要拆卸；搬進的新房子鬧鬼；住的地方附近有大檔和私人會所，他們搬，有垃圾站和焚化爐，他們再搬；住的地方要拆了建地下鐵路，他們被迫遷，住的地方要填海建馬場，又只好再搬。他們住在鬧市，因為治安不好搬家；搬到鄉下，又因為村民的閒言搬家。他們因為各種原因搬家，因為轉換職業，因為與鄰居、業主或管理員吵架、因為不耐煩或不安分、因為想追求更好的生活而搬。有時是他們自己吵架，把屋子裏的一切東西都砸爛，把大門和窗子都打碎了，不能不搬。有時他們好好地坐在那兒，談着過去或將來的事情，忽然就吵起來了。然後就打架，彼此揪着對方的頭髮、把對方打得渾身瘀痕。然後其中一個就會說：他對這一切都厭倦了，不能這樣繼續下去。或者是男的退回房裏，生氣地躺在床上，看着屋中的家具，覺得這一切只是一場無聊的鬧劇的裝飾，終於有一天要把它們砸得粉碎，或者是女的離開這房子，砰一聲關上大門，跑到街上。街上的一泓水中有建築的倒影，那是他們所住的房子，他走過時狠狠地踐踏下去，踏碎它。

末了他們就說是因為自己還未成熟得需要一所房子固定下來。因為他們的年齡和性格。也許有一天，當他們成熟了，老了，他們才會好好地在一所房子住下去。於是他們又搬屋。或許這只是一個藉口，他們給自己各種理由搬屋。搬到水塘的當中、搬到樹上或船上去、搬到無人的荒島、搬到嶙峋的岩洞中、搬到牛背上的屋子去。他們搬到海底就有海底的新計劃、搬到蒲公英身上就計劃隨着風去遇見新的東西。在不打架的時候，他們一起欣賞不實在的事物，想出新計劃來。

有時，唱起歌來，這女子就會說：「我故鄉杭州，是一漂亮的地方。希望將來有一天，當我老了，可以回到那兒，找一個地方住下來。」而這男子這時正倒豎葱站在沙灘上，他說：「我希望到蒙馬特，找一間閣樓……」他們都覺得：自己的年齡和性格、還有香港這地點，使一切看來都像是過渡而不穩定的。

有時有個長輩在路上碰見他們，就說：「又搬家了？」而他們就好像做了錯事似的，垂下頭來。

四

他跟隨着一頭小母龜，游到海中心去。她躺在沙灘上，堆起一座座的沙堡，又拆了。曬着太陽，吹着海風，一切是這麼舒服，她想在這裏躺一個下午，不再走動了。然後他從海中游回來，渾身的水滴到她背上，喚她起來：「我看見海峽那邊有些很漂亮的房子呢！」她本來想休息一下，這只好動程了。他們沿着馬路走，橫過一道長堤，走到半島的尖端，那兒果然有些美麗的面海的房子。管理員帶他們看，她很喜歡，現在她比他更渴望在這兒住下來。

「將來，我們可以在這兒種花。」

「可是，這兒會不會陸沉的？」

「我們的兒子可以在草地上玩耍。」

「可是，鯨魚會不會把它碰翻？」

那管理員不信任地看看他們：

「你們的汽車呢？」

「呵，呃，我們走向不同的方向……」

「你們是做生意的？是從外國回來的？不？那麼你們一定是經紀了，或者是建築師？」

「唔，我們是做跟房屋和搬運有關的事業的……」

「如果我們租了……」說着，他們不談現實的租金問題，就好像已經租了這房子，在裏面度過無數的假日，喝着冰涼的檸檬水。為了繳付昂貴的租金，他們決定這女的一定要努力織成過去一直說要織的那條兩里長的圍巾，而男的就要做一個長春藤的書架。因為路程遙遠，他們一定要辭去市區那份乏味刻板的工作。這新的房子是一個理由，叫他們去做一直想做而沒有做的事。

五

他們往前走了不久，天就黑下來了。一列濃密的叢林阻擋了去路。既然走不出去，他們便索性在草地上停下來，準備就在這兒歇宿一宵。他們從背囊中取出那紅色的花瓶，倒轉它，點起一根蠟燭放在它背面。他們又取出鍋子，煮了一鍋濃濃的湯，吃得飽飽的。他們看到四周的一片黑暗，就想起那次在海灣木廠附近看房子，迷了路，一直走到泥沼裏去，兩個人陷在那裏，沒法走上去，要到天明時有工人上工經過，才把他們救上來。可是他們都覺得，那夜抬頭看見的滿天星星和月亮，是所見最美麗的呢！

「沒有房子也好是不是？」男子說。

「你記得那個大伯嗎？」女子問。

「怎樣？」

「他每次遇見我們，總是問：『怎麼，你們又搬家了？你們又換了工了？』他有時會說：『是不是現在的年輕人時興這樣？』我只好告訴他：『不是的，是業主要加租了、是老闆要趕我走……』」

他們笑起來，然後又沉默了。男的叫女的唱歌，女的說不唱。男子就獨自坐在那兒，過一會，就默默地在手臂上拍起蚊子來。而當蠟燭逐漸燃盡，一顆星在天的西邊閃了閃，他好像忽然記起什麼似的站起來，說他跟星星有個約會，要去那麼一趟。

女的沒說話，男的就遲疑地坐下。她說：「你去呀，沒人叫你不要去呀。」他們都是愛自由的人。

男的不知咕嚕說了點什麼，仍坐在那裏。過一會，女的就推他起來。說：「你去呀，你快點去。」他又遲疑了一下，才站起來，向那邊走去。一會兒就消失在黑暗中，女子正在自言自語。

她看着四周黑暗的植物，垂下臉來。他想到星星又想到月亮，想到芝麻糊又想到油條，魷魚和辣醬。他想到仙人掌。過去他們由油麻地搬到觀塘搬到旺角，又由旺角搬到藍田，每次都帶着家中那二百多盆仙人掌搬來搬去的。慢慢的。那些仙人掌有些折斷了、有些枯萎了、大部分都變得矮小蒼白長不大的樣子。有次有個搬運工人告訴她：她們家的仙人掌長得不好，是因為他們搬來搬去，沒有穩定照料的緣故。有時她就會想，當他們找到一所好的房子長住，就把那二百多盆仙人掌安頓下來，好好地照料它們。

六

她原以為他離去會使她憂傷，現在她卻沒有這種感覺，只是覺得有點不安定，她心裏不喜歡房子的那一部分叫她起來，叫她不要在一叢草上坐得太久。

「也許我可以到河邊散步。」她告訴自己說。

果然那兒就有了一條河。

「也許我可以在河裏洗一個澡。」她又告訴自己說。

河水又溫暖又清涼，又熟悉又陌生，又安全又好像會隨時溺死人似的。她向前面游去，好像作夢。她游過一列白色的小菌，像誰掉下的美麗的衣鈕；游過絲絲縷縷的海藻，像誰披散了的頭髮。她游過一艘沉船，手一推，陳舊的木板倒下，一下子從裏面竄出成千閃閃的紅色小蝦來，從牠們破了的舊巢湧往前面無涯的大海去。然後她感覺到海草在臉上的飄拂，光線的逐漸轉暗，她便曉得自己已進入水底的森林，她迷了路，就任自己漂泊。她感到有一點什麼在前面，游近去，卻看不見。她緩緩游着，像一個日暮時在森林中迷了路的小孩，緊緊地捏着採來的野果，唱歌給自己壯膽。然後她看見在前面有一點虛幻的綠光。她游近去，發現那是一條綠色的鰻魚，靈敏地在水中游過，有圓滑的身軀和翹起的鼻子，她跟隨着牠，穿過粉紅色的珊瑚、藍綠色的晶石、土黃色的魚群和紅色的蟹隊，他們好像在追逐，好像在漫步，有好幾次，她好像追上牠了，但牠溜滑的身子轉眼又在前面的石縫中消失。然後牠又在前面，那一點虛幻的綠光，她追隨着，游過去，彷彿牠正帶領她游向另一所房子。但海草的糾纏愈來愈密、愈來愈險陡，她着急了，恐怕追不上了，但牠並沒有慢下來。一扭腰，又游了開去，她沒看清楚，一頭栽到前面的礁石上去，碰得好痛。

她跟着牠，游向牠，眼看就要追上了。她忍不住伸出手撫摩牠，不料牠以為她要傷害牠，突然扭過頭來，咬她一口。她連忙縮回手。事物彷彿一下子突然旋轉起來，在美麗的綠色中間他看見一張可怕的血紅的嘴巴。水突然冷起來，渦流突然激盪起來，海草像是鞭子，而礁石則是稜角尖刺。她掙扎着游上水面，爬上岸去。渾身濕淋淋的，雙腳碰損了。而她坐在那裏，忽然感到又冷又累，又不安又迷亂，連對自己也不相信了……

她環顧四周，只見一片黑暗。有一陣子，她想任自己就這樣永遠在黑暗中消失算了。她走了一段路，還是沒法回到下水的地方。風吹起河邊的草，沙沙作響，而她是這麼孤獨，沒有一個休憩的地方。她機械地走着，走了許久，然後才在草叢中瞥見一點閃爍的火光，她跟隨着它，回到那隻覆轉的紅色花瓶那兒。她坐下來，不知怎麼辦。如果就是這樣一個人坐在這裏，以後的日子怎樣過？她感到獨自不知如何在這個世界掙扎求生的恐懼。她開始懷念起那個離去的伴侶來……

七

她在黎明時醒來，看見他就坐在身旁，和氣地望着她。她想到自己凌亂的頭髮和骯髒的衣服，不禁別過頭去。他若在黎明前歸來，那一定聽到螢火蟲的饒舌和青蛙的聒噪。她懷疑他此刻這麼和善，日後彼此是否能繼續如此？而其實又有什麼是需要寬恕的？無端的委屈湧上心頭，她想哭泣，或是吵一場架，但他只是笑笑拍着她的肩膀，說現在一切都沒有事了。她看着他髮端和鬍髭間的花瓣，她說她不打算問他到那裏去。他自己說那星宿已落成一顆灰暗嶙峋的石頭，但還是有不少人在那兒奏樂跳舞，可惜她不在那兒，下次他們有機會就一起去吧。他拿別人畫的像片給她看，在其中他倚着許多株蘋果樹以致肩膀也歪了。她說：「這是什麼蘋果？」而這時他把帶回來的一袋種籽禮物遞給她，並且輕輕把她擁進懷裏，淚水沿着她的臉頰流下來，她曉得，也許有一天這一切都會過去，他們將會分手，走向不同的房子；但至少這一刻他正滿懷信心地告訴她：這個早晨，收拾東西以後他們就再沿海灘出發，若找到合適的房子，他們就留下來，撒下那些種籽……

跨過一片又一片雲——〈找房子的人〉

惟得

也斯追隨一對青年男女找房子，寫成小說〈找房子的人〉，靈感相信來自鍾玲玲的雜文〈看房子〉[2]，鍾玲玲和先生把看房子當作假日的消遣，「兩個人一看見窗前的草地，草地上的樹，樹旁邊的海便發了狂地叫好。」傳送到小說，變成「這個男子和女子站在這兒眺望海洋，背後白色窗簾蓬蓬地翻起，成了一幅不真實的背景。」日常生活都詩化了。「看」與「找」是兩個不同的姿勢，各自精彩。鍾玲玲用輕鬆的筆法寫人的偏執與偏差，也斯的小說則像個童話，寫給成年人看。半山的漂亮房子，住客好像無憂無慮，旁邊哥德式的尖塔卻露出一張憂愁的少女臉孔，像格林兄弟的〈長髮姑娘〉，被巫婆軟禁，加上狗的狂吠，是也斯對甜美生活的輕微諷刺。小說裏的男女搬家不下十數次，不是天災就是人禍，很有點魔幻寫實的色彩，香港真的不宜居嗎？似乎應驗了鍾玲玲描繪的，愁眉苦臉的接待員對房子說的壞話，然而也斯並沒有責怪居住環境，最主要看自己。因為鍾玲玲的先生下巴長了鬍子，經理人一本正經認定他是藝術

2 鍾玲玲：《我的燦爛》，香港：素葉出版社，1979年。

家，也斯的小說裏，管理員卻把他們當作經紀和建築家，不知道青年男女經常與人吵架，甚至互相揪打，是搬家的一些原因。躁動畢竟是人的天性，也斯無意深究，更有興趣思索飄泊與安定的心靈對話，青年男女不斷找新房子是原動力，「叫他們去做一直想做而沒有做的事」。另一方面，也斯又用仙人掌做比喻，二百多盆搬來搬去，有些慢慢折斷枯萎，大部分變得矮小蒼白長不大。家的定義又是什麼？一度青年男女以為，只要在瓶裏供花，就是家，花瓶倒轉，又可以點蠟燭，只是當男的跟星星有個約會，女的從破巢游往大海，只覺孤獨迷失，覆轉花瓶透露的火光，並不能給她安慰，他們也各有念頭，女的想返回故鄉杭州，男的想到蒙馬特流浪，找房子，就像跨過一片又一片雲，沒有立足點。人終將乘雲歸去，手還是要分的，趁雲海聚成福地，也斯珍惜撒種籽的時刻。

煩惱娃娃的旅程．煩惱娃娃

一九八二年十二月七日，在凌晨四時醒來並且想到把這一切記下來。這是在巴黎，蒙馬特（我瞥見櫥窗中模糊的羅特列克畫作複印在杯子上，但那時我們正在匆忙找一個地址，沒有時間停下腳步）萊比尼茲路附近一所小旅館中。不是關於巴黎的風景速寫，而是關於新見和失去的事物，時間在朋友和我們自己身上造成的轉變。這一切感覺緣於一張紅葉藍花的地氈在一日不同時刻的諸種樣貌。當我們白天推門進入那幢大廈，我們看見美麗的地氈整齊地鋪在樓梯中央，蜿蜒爬上六層樓，隨着那些緊閉的門後法國家庭烹飪的香味，一同在七樓消失了蹤影。但當我們在夜晚爬上樓梯，就只在黑暗中感到觸腳的柔軟物質，走到頂樓就沒有了。沒有地氈的七樓是冷硬的，白日所見房前的盆栽現在只是黑暗中隱約的尖刺，頭上小小的天窗也不能照明我們站立的地點。我摸索觸及日間留下插在門縫的字條，明白我們的朋友還未回來。我突然有一個感覺，彷彿我曾經來過，做過同樣的事，在一個我已記不起來的時刻。

然後當我們在附近的小館子進食並且喝了紅酒，當我們沿着地圖的指示走向比較繁華的區域，想像那兒是聖心教堂，有那些長長的梯階，兩旁擺起畫架的藝術家（不，你錯了，在晚上他們是不在那裏的。）還有聲音嘈雜的熱鬧的攤檔，逐漸成為不過是旅遊手冊上的公式描寫，於我們沒有切身關係，逐漸離開了我們。另外的感覺逐漸清晰，盤踞在我們心頭。擔心，不明白為什麼與這位朋友失去了連絡，憂慮不知有沒有發生其他事情。想到已在紐約遇見的那位朋友以及將會在巴黎遇見（或遇不見？）的另一位朋友。在深夜的路上我們的腳步逐漸放緩，停在紅綠燈前沒有橫過斑馬線。我們失去了朝蒙馬特名勝區走去的慾望，又轉回來，走過黑暗的小路，覓路走回無名的萊比尼茲路。那幢建築物頂樓數個瞭望的小窗仍然沒有燈火。

萊比尼茲路靜悄悄的。路中央一排樹木脫落了葉只剩枝椏，在白天看來像一幅尤特里洛的街景，現在在深夜裏只剩下黑線的輪廓，冷了也僵硬了。時光令它變化，明天早上它會變為柔和嗎？路上仍有積水的閃光。今天早上曾經下雨。當我們沿着奧曼大街前行，看過聖奧古斯丁教堂以後，在那附近的小巷迷了路，怎樣也沒法走到凱旋門去。我自以為是看地圖的好手，但以為應該是出路了，跟着走，每一次都走回原來的地方。蒙騷路的路名又再出現眼前，告訴我們不過是兜了一個圈回到原處。然後雨就落下來了。雨愈下愈大，使迷路的人疲倦。我們走進路旁一所咖啡館避雨，喚來大杯的牛奶咖啡。他們在杯子裏倒小半杯咖啡，再傾入半杯熱奶，熱騰騰、美味、芬芳、令人開懷。巴黎的咖啡總是美味的，不管是小杯的黑咖啡，大杯的牛奶咖啡，不管是在大餐廳，或大學的休息室，彷彿他們對日常生活最瑣細的事也無法草率廉充。

我記得牛奶咖啡的味道。至於凱旋門，我只記得車廂皮衣和酒的氣味。那是在凱旋門附近，兩個意大利人在汽車裏向我們招手，告訴我們他們剛辦完一個服裝展覽，正打算開車回米蘭去，有兩襲多餘的男女裝長身皮外衣，看來適合我們的尺碼，願意免費送給我們。說着他們真的從後座提出兩個盛着皮外衣的膠袋，遞給我們。我們愕然站在那裏，對於這樣隆重而無用的饋贈不知如何是好，不知該婉拒，還是該接受陌生人難得的好意然後把禮物轉送適合的人。

陌生的意大利人恍如一個乘鹿車經過的聖誕老人，想把膠袋盛着的皮衣越過搖下的車窗遞到我手上，我嗅到一陣濃烈的皮革氣味，對這突然而來的好意不知如何是好。他們用意大利語交談，然後他轉過頭來。「還有一個小問題，」他說，「與這無關的，」他的手拍拍膠袋。「我們現在正開車回去，但昨晚在美心看表演喝香檳，把法郎用光了。不知你們身上可有一點法郎，可以借給我們沿途付電油費？」他說「一點」的時候，把拇指捏住食指，加強語氣。我們樂於效勞，為萍水相逢的異鄉人解決難題。「一千法郎就夠了！」他說。我們大吃一驚，這才想到這確是一個大的難題。雖然與皮衣無關，我們還是提議他們不如把皮衣收回拿去變賣先解決了汽油的問題再說。他們的好意我們心領了。他們又商量了一下。「看來這是唯一的辦法了。」我把禮物推回去，感到如釋重負，聖誕老人伸手出來跟我握了一下，鹿車駛走了，只餘下一座凱旋門。

轉過去，香榭麗舍大道人頭湧湧，櫥窗裏是繽紛的禮物。正如巴黎地下鐵路處處可見的廣告：「一千件心頭的小東西。」衣服、香水、帽子。一個黃衣女郎扭着腰肢，努起紅紅的嘴唇。地下車的一幅廣告：一個穿着制服的警察說：我？我從不怕冷的。」他指着胸前制服下露出的羊毛內衣。第一天我們沒乘地下車，只是徒步走，而且還迷了路。拉法勒大百貨公司的櫥窗五光十色，聖誕節快到了。經過兩個陌生的意大利人和皮衣，我們還會相信世界上有無條件好意餽贈世人的聖誕老人嗎？這是這篇游記的主題之一。當我凌晨四時醒來，並且想到把這一切記下來。這是在巴黎，蒙馬特（不，我的朋友後來更正說這嚴格來說只是蒙馬特鄰近的區域。）萊比尼茲路附近一所小旅館中。我看着床前几頭的兩盒煩惱娃娃，本來帶來送給ㄇ和ㄚ的，不知她們會不會已經不相信禮物，也不相信聖誕老人了？而當然，我必須先在這裏對煩惱娃娃的由來交代一下。

還沒有拇指和食指那麼大的煩惱娃娃，是在加州柏克萊領養的。

我們最先聽到關於煩惱娃娃的消息，是從灣區衛報的某一角落，在墨西哥玩具和危地馬拉木偶之間，在泰國求愛豎琴、非洲泥壎和猶如一根懷孕的魚竿那樣的巴西巴林堡樂器之間。那是在我心愛的柏克萊、色彩繽紛的柏克萊。我一次又一次回到那兒的、滿是可愛的人事和記憶的柏克萊。在早上，我們在大學附近的小路散步，遠處的山頭有曉霧，教堂旁邊一列樹：紅色、橙色、黃色，葉子輕輕地掉下來，覆在另一塊葉子的旁邊，恍如從天上掉下來，靜靜躺在地上。轉過彎，一幅彩色壁畫露出了裂縫，靜靜襯托着旁邊停車場的車輛，帶着對昔日的開放熱情的運動的記憶，年青的反叛的靈幻色彩蒙上汽車的灰塵，靜定下來，化入路旁樸素的屋宇和花木。自力更生的創造性的手作工藝，現在零星散佈在路旁，更多商業性的攤檔，出售皮靴、貝殼或是鑰匙扣，把它們淹沒了。昔日的希僻士今日是襤褸的乞丐，從垃圾箱撿拾煙蒂，或是問路人討一點零錢。住在電報街供學生住宿的廉價的卡爾登旅店，午夜你聽見有人作狼嗥，望出去可以見到路燈下裹着毛氈的一個灰藍的影子。不過十多廿年的熱情沒有那麼容易完全燒成灰燼，美好的想望也不見得只剩襤褸。偶然，在書店，在咖啡室，在學院的課堂，你仍會看見凝靜了的顏色，聽見一些聲音，說着遼闊的新訊息。柏克萊已經步入中年，安靜了，但我覺得在眉額的疲態底下它仍帶着獨有的氣質。你早上在那兒的小路散步，看着遠山上的雲霧，看葉子掉下來，從天上掉到地上，你轉回去，電報街的書店已開門了，高地書店前面有詩朗誦的消息，通宵的地中海咖啡店是熱鬧的，在這樣的時候，沒有什麼比一杯熱騰騰的卡帕千奴更好了。

「看，煩惱娃娃！」

日後想起，還以為煩惱娃娃是在柏克萊孕育成長的了。

煩惱娃娃：六個小娃娃躺在兩隻張開的手掌上，窩在指縫裏，雙臂向前張開。那只是一幀黑白照片。第一個印象我們已經愛上煩惱娃娃。是由於對六七十年代加州所代表的反叛性的文學、音樂和生活方式的懷念？是由於十多年來對拉丁美洲文學和風土人情的愛好？是由於對古怪而不合常規的事物惺惺相惜？還是只不過由於我們性格中不成熟的部分？我們忘記仔細討論。

也許是由於對於能夠解決煩惱的神秘康復力量所抱的希望，我們出發去找這爿「比爾貿易站」。

尋覓的過程並不容易。學院街的確就在電報街附近，但我們轉過去，才發覺那兒是一千號，還要走一千號。就像這旅程中其他日子一樣，我們左腳右腳地走前去。走了一會，雨便落下來了。就像這旅程中其他日子一樣，雨無端地落下來。這不是旅行的季節。W早就在電話中說過：「這不是旅行的季節呀！」可是他也說「既然來紐約，為什麼不索性從歐洲回港？每處留三個星期就差不多了！」既然不是旅行的季節，又叫我多去一些地方，我的朋友就是這樣自相矛盾的。在羅浮宮附近，也有人指着落盡了葉的樹對我們說：「這不是巴黎最美麗的季節。這不是來巴黎旅行的季節。」可是Y一早約了說要不是來加州探望我們就是我們去巴黎探她，而D在暑假前的來信中就說，「無論如何，見字之後立刻要有來巴黎的打算，並在起程之前給我你們到達的日子，因我早上有工作，有時也會外出。有一個日子，可以專心等你們。」我們喜歡D的語氣。而在這封長信的結尾她這樣作一個結論：「好了，希望盡快見到你們！不要做『和事老』！此事我比你們清楚。」我們也喜歡盡快見到我們的朋友，我們也許多年沒有見面了。所以也不管巴黎的葉子落盡了沒有了。我們也知道這不是旅行的季節，當我完成那三篇論文的時候，當我準備口試的時候，當我通過了口試以後匆忙地趕着把書寄回香港的時候，我一直都很清楚這不是旅行的季節，在三藩市，當雨落下來而我們沒有雨傘，想着還有好遠的路才找到煩惱娃娃的時候。

走到半途，我們已經渾身濕透了。

沒有避雨的地方。有點冷，褲腳黏着，鞋底滲進了水。但我們，淋了雨，去到那裏見到危地馬拉的手工藝品以後，還覺得這樣麻煩的旅程是值得的。那麼顏色鮮明的掛氈！印第安人手織的手工藝！一頭牛鮮紅的身體，嫩綠的角，粉藍的蹄。泥造的鳥形和羊形哨子。線袋、外衣、裙子。用一雙手製造的東西，想像是大膽的，沒有迂腐的空言。一定是有那麼強壯的靈魂，才配得上那樣的顏色。那個世界裏人與人的關係好似是簡單的；相愛、進食、一起狩獵。煩惱一定也是最基本的煩惱了？

「煩惱娃娃呢？」

「沒有了！」

那兩個女子向我們解釋。她們店裏的煩惱娃娃已經賣光了，她們不知道衛報這個星期就介紹出來。「我還沒看到呢！」一個說。另一個說：「捧着娃娃那雙手還是她的手哩！」於是我們把報紙拿出來，讓那雙手的照片跟它的模特兒見個面。她們一致承認，那雙手很上鏡。

「煩惱娃娃呢？」

「過兩個星期來吧，要再訂來。」

但到時我們已經不在了，我們明天飛紐約。在我們旅程的環帶中，在加州與拉丁美洲的人事再度相切：墨西哥朋友、拉丁美洲文學教授、條彎拿小鎮、巴西電影、還有種種接近我們的風土人情，現在是煩惱娃娃，總括起我們天真與熱情的追尋。

她們把盛娃娃的盒子拿出來，那是差不多兩個大拇指加起來那麼大小的竹盒，塗鮮黃色，有紅色和綠色的螺紋。裏面沒有娃娃了。只有一張摺起來的白紙，寫着煩惱娃娃的故事：

「在危地馬拉的土地上，印第安人流傳着這個古老的故事。他們說當你有煩惱，就找你的娃娃幫忙……

「把一個娃娃從盒子裏拿出來，可以解決一個難題。睡覺以前，把煩惱告訴你的娃娃。等你睡着了，娃娃就會替你解決煩惱。因為盒裏只有六個娃娃，所以你每天只可以有六個煩惱。」

這正是我們要找的、替我們和我們的朋友解決煩惱的娃娃。但我們明天要離開了。

店裏兩位女子答應替我們找找，看角落裏可有留落下來的娃娃沒有。於是一個一個的煩惱娃娃登場了，從曖昧的位置，瀕於失落與被遺忘的邊緣。火柴枝那麼粗的身體，紙的臉孔，線纏的衣服，鐵絲的雙腳，棕紅色的裙子，綠色上衣，棕紅上衣，錫藍褲子。每盒規定是三男三女，剛好湊成三盒。我們滿心高興。兩位女子祝我們旅途愉快，我們就帶着這三隊煩惱娃娃高興地走入雨中。

傍晚時分，我們打開盒蓋，煩惱娃娃靠在窗前，像我們一樣，抹乾雨漬，吹吹風，眼望前面窗外的世界。是在這時候，我們打電話給在紐約的W，寫明信片給在巴黎的Y和D，告訴他們我們抵達的日期？這些事早該做的。我們沒有條理，做事沒有好好預先計劃，我們的朋友也是一樣。煩惱娃娃，可以幫助我們解決煩惱嗎？窗外是柏克萊，成長而又稚氣的都市，荒謬又莊嚴，吵鬧又沉默，仍然對新事物新思想不加排斥。煩惱娃娃圍在一起，如我們一群朋友。年過三十還未安定下來，還是不喜歡裝腔作勢的權威，拍枱拍凳的正義感。我們有時說話口吃，面貌看來是容易受人欺騙的那類人，有時對人過度熱情，有時還真的上當了。我們不大善於表白自己，不懂那些約定俗成的規矩，我們追尋闊大虛幻的事物。當我們被人誤解，我們互相安慰。希望替朋友解決煩惱，但每次只能應付一個。每日超過六個煩惱就應付不來了。

我們的臉孔紙薄，我們的衣服是色線纏捲而成，身體火柴枝那麼粗，至於雙腳，不過是鐵絲。我們總想超越脆弱的質地。放到盒子外面，我們獨自摸索，希望替人解決煩惱。有時我們六個一同飄泊在外，不知如何是好。

如果我認識的朋友們現在都在這裏，圍成一圈，好像眼前這十八個煩惱娃娃，那該多好。

或許因為這是柏克萊，使人幻想的地方。這世界仍然年輕，還未被貪婪和仇恨所敗壞，同時這世界已不再年輕，已經知道了貪婪和仇恨的問題。這不是虛偽的假裝無知，是知道同時存在的兩面。柏克萊是複雜的，在娃娃臉孔底下有一顆經歷幻滅的心。我上一次來柏克萊是什麼時候？七九年的聖誕節？不，是八〇年暑假當我的朋友C和C夫婦游學美國途經加州的時候，我們一起上柏克萊。我想帶他們看看過去花童聚集的地方，走過電報街，看陳世驤先生以前辦公室所在的杜蘭大樓，去吃碗牛肉麪，或者到那爿希臘餐廳門前張望張望（正在切肉的老闆就會把一塊肉塞進你嘴裏），到可地聽丹尼絲．李維托夫或者羅拔．鄧肯念詩，或者到樂器舖看看非洲和印度的古怪樂器，到柏克萊的博物館看展覽，看晚上的蘇聯電影節，或者三藩市默劇團的政治劇，或者踱進柏克萊，在圖書館看看，坐在外面跟人聊天。可是他們心不在焉，大家都好像很疲倦的樣子。轉角處的電影院正在放映《最後的華爾茲》，一齣W喜歡的電影。一些我仍然喜歡的人，例如鍾妮．米曹。

我仍然喜歡鍾妮．米曹。但我也知道朋友是轉變了。朋友夫婦一直沒有說清楚來還是不來，然後突然有一天打電報說什麼時候到達洛杉磯機場，署名是C．C．？他們以為自己是歌迪亞嘉汀娜？W後來說我們跑去洛杉磯接機其實是過分寵壞他們了。他們古古怪怪的，不知在搞什麼鬼。在三藩市，他們一直在抱怨整天悶在車裏。我們的朋友仍然是娃娃，腦袋裏疑神疑鬼，要人安慰。他們在四川小館前面吵架，是在那時開始，我決定不做和事老的。我明白事情已經跟過去不同了。

我是在怪我的朋友嗎？不，我不以為自己比他們好。我們自己，亦是不成熟的。

若果更成熟，或許就沉默，什麼都不去說它了。或許有一日，我們會變成如此。像一扇有裂隙的古老的牆。但現在，我們仍然喜歡一個拒絕，成長的城市。

若果時刻自問：這樣帶着三盒娃娃去探訪朋友，是不是一件幼稚的事，那就根本不去做了。若果時刻自問，寫及煩惱娃娃的旅程，是不是一件幼稚的事，那就根本不去寫了。

問題是，我們已經有了那樣的自覺，又仍然去做。我們已經不是娃娃，又仍然不願長大。許多事我們已經知道了，只是不願遵奉。我們寧願顯得幼稚，不願假作深奧。對於裝腔作勢的事情，我們看穿外貌，笑破肚皮。但我們不喜歡冷嘲熱諷，我們的本性，對尖酸的東西覺得不對胃口。所以有時看來無知，在適當的情況下，也會又再相信一個陌生的聖誕老人。我們有時嚴肅，有時荒誕，有時麻木，有時溫柔。製造我們的料子，既有布也有鐵，我們既是這樣亦是那樣，我們是自相矛盾的。

製造我們的，是一個複雜的地方。不是在高度文明的西方科技世界。我們身上，仍然留着手工藝的粗糙痕跡。她的裙子脫了線，他的臂上有一個線頭，而每人背上，有一片白色的硬東西。我想那是一個沉重的包袱，揹着走遍天涯。我們情緒化，感情用事，我們處理事情拖泥帶水，不能斬釘截鐵，把一切拋棄。

我們游離在外面，看到許多事物，但回來又啞口無言。紙臉上畫就的嘴巴，無法向一大片空白傾訴。我們因為一些無法言說的事情憂心，我們的頭髮脫落，不是因為不喜歡桃子的美味或是不看葛蒂沙的小說。我們遇到一些人事，令人心寒，我們高聲說話，然後逐漸低沉，或許終會沉默。我們逐漸不喜歡爭辯。只有在真正可以信任的人們之間，我們緊挨着取暖，替彼此解決煩惱。

我們的旅程經過三藩市，到達紐約，到達巴黎。每一處都有雨天。沒有雪。人們恐嚇我們說紐約會下雪。人們誤傳巴黎機場正下雪。結果都沒有。我們還遇上陽光。Y說我們帶去了陽光。我們真好運氣。

我們離開加州便聽到加州大風雪的消息，我們離開紐約，便聽到唐人街轟動的槍殺案；我們離開巴黎，便聽到塞納河水淹的新聞了。災禍其實一直在伸手可及的範圍，我們真好運氣。

W的來信：「你們走了一個星期後，這兒便下雪了。知道嗎，你們在紐約那幾天，是自從一九一六年以來，紐約十二月最暖的紀錄。」

十二月，本來不是旅行的季節。我們本來也不肯定的。我們每個人一定也有過倒運的旅程，不願向人提起的旅程。朋友也會改變的。有些地方改變得那麼可怕，以致令你永遠也不想再去。三位朋友我們也幾年沒見了。我們本來也不知會不會遇上雪，結果卻遇上陽光。

我們坐在柏克萊窗前，與煩惱娃娃一同眺望窗外的世界，聽着遠處隱約傳來的安第斯山的笛子音樂。

我們在紐約四十二街，仰首看摩天高樓。

我們在一所破爛的屋內，看精彩的一幕外外百老匯戲劇。

在巴黎，萊比尼茲路（朋友D住所的所在）附近一所小旅館中，凌晨四時醒來，並且想到把一些事記下來。

太陽還未出來，早晨有點冷。不知為什麼與D和Y失去了聯絡。

我們會遇見他們嗎？我們帶來的煩惱娃娃，可以替她們解決各自不同的煩惱嗎？

窗外是朦朧的影子，我所寫的仍是模糊而未清晰的事物。現在有滿滿一大杯牛奶咖啡多好，暖暖的填滿我空空的肚子。

還有一兩個小時才天亮，讓我們以想像暖和自己，在空虛黑暗和寒冷中，給彼此說故事。其中自然有過去的經驗，分別了這麼久，你們還能聽見我嗎？

讓我們在敘事的時候，給予自己更大的自由。不要讓世故的成見拘束我們。如果你看見突然的跳躍和移換的觀點，如果你看見不連貫的背景和時序，你願意了解那是由於什麼嗎？你是否認為十二個字以上的句子就是太長？你是否痛恨描寫，討厭下雨天，並且一旦迷路就別別嘴表示不耐煩？如果不是，如果你有耐性，你總可以聽見我的。從五色斑斕的事物走向內心的旅程是如此漫長。如果你願意，當我說我們的時候，其實就是包括你了。

一九八二年

寫了十年的情書

李孝聰

「這是關於兩個人背着沉重的行囊（裏面包括三盒十八個危地馬拉煩惱娃娃）去探訪三個舊朋友的一個旅程。」[3] 簡單的一句話，但記敘這個旅程卻花了十年。一九八三年，也斯由美國回到香港，面對種種轉變，感受複雜，思前想後，發而為文，開始在《快報》連載小說《煩惱娃娃的旅程》。之後多年，他斷斷續續地修訂、重寫，直到一九九三年改名為《記憶的城市・虛構的城市》結集出版，但在二〇一四年再版時，又再改回原名。

小說的中心情節是「我」和我的朋友從香港到紐約、三藩市、柏克萊、巴黎等城市的游記，但貫串着的則是「我」在面對生活上的問題，和在體驗外來文化衝擊下而生出的迷惘、焦慮和反思。為了表達這種複雜的感受，也斯放棄了傳統敘事的方式，淡化情節，他說：「（它）看來不像傳統的小說，不是我們習慣上西方那種完整，有頭有尾的小說，是混雜了思想感情理論回憶抒情描寫等。那時就是想找一個擴大的敘事方法，並非單線的敘事，能把思想和感情融合

3　也斯：《煩惱娃娃的旅程》，香港，牛津大學出版社，2014年，頁3。

來寫。」[4]

「我」帶着煩惱娃娃送給各有煩惱的朋友，但又懷疑又小又脆弱的娃娃是否真的有這種力量，縱有猶豫，「我」最終選擇繼續旅程，繼續寫出關於這個旅程的作品，「以想像暖和自己，在空虛黑暗和寒冷中，給彼此說故事。」

王德威說得好：「……我倒以為也斯的城市文字更讓我想起巴特的《戀人絮語》。有娓娓敘述來的熱情，也有欲言又止的猶豫；且記且論，婉轉多姿。原來也斯是以無限愛戀的心情來寫香港的。患得患失卻又作盡平常姿態，道是無情卻有情，《記憶的城市・虛構的城市》因此最終須以城市抒情小說來看待。」[5]

---

4 《鍾愛電影的詩人小說家》，《百家》11期2010年12月、12期2011年1月。

5 王德威：《如何現代，怎樣文學？——十九、二十世紀中文小說新論》，香港，牛津大學出版社，1998年。

革命大道路旁的牙醫（節錄）

昨天有一個中國姑娘留在這裏嗎？卡羅斯問那個留着鬍子的移民局官員。早離開了，對方說。她去了那裏呢？我們走出去，沿着長長的隊伍，從那些陌生人的臉孔間，尋找一張中國臉孔。

我們總是希望從微微身上，多知道一些中國的情況。微微口中的故事，卻不是別人期望的那種。問起文革那時的情況，她會說：「都不上課啦！每天就去游泳。」她說飯堂沒人煮飯，她說到報上社論對少年造反的鼓勵，她站在一個普通平民的立場，說到對一些朝令夕改的事物的迷惑。黃說起那些報道的慘況，她會說：「是呀！是有那樣的事呀！」但又沒有再說下去了。偶然她會說：「你們香港的雜誌，有時也太誇張了。」有人問她見過學校裏打死人嗎？她說也有，兩伙對立的知青，其中一個走到別伙人那幢大樓，給打死了。就是這樣。起先我還以為她是世故，不願深談，後來卻發覺她不是世故。她年紀跟我們差不多，也許她擔心自己說的話，會給外面不了解的人扭曲了眞實的情況。問題還不光是這樣，有時眞正捱過苦的，並不一定喜歡誇張地說出來告訴別人。她也不是不說自己的事，比如就有人知道她跟丈夫是那時認識的，就嚷着要她說如何由游泳而鬧戀愛。她倒不忸怩，就說：「也沒有什麼嘛，就那樣每天去游泳，一起走路。」有人問：「這麼多人，你怎知道他喜歡你？」起初也不知道，後來嘛，就逐漸發覺有個人，每天總那麼留晚一點，剛好碰上一道走……大家聽到這裏，都笑了。

這樣的事，也可以發生在任何地方。微微的敘述，令來美前看遍香港或大陸出版的種種不同立場的激情革命浪漫小說的我們有點意外。我想她永遠不會成為那些小說的主角，很難想像她能舉起拳頭高呼口號教訓我們，或自視為一代的代言人，空泛地吶喊說社會和時代出賣了她們。

她在那些小說中一定毫無地位，即使出現大概也只佔一兩行，是女主角到海邊去或到革命去以後仍然留在家裏照顧老奶奶的那位大姊，是女主角感到莫名的激動時聽她傾訴、女主角犧牲以後替她料理後事的那位好友，或者是女主角在美國發明了原子彈然後又拒絕美帝的引誘回國演說說得口渴時為她端來一杯開水的那個留着辮子的樸素的姑娘。

她是那些默默無聞地生活下來的人們，對許多激盪的潮流半信半疑，自己嘗試去思考問題，繼續學習。她在人叢中只佔一個不起眼的位置，然而她卻是眞實的。她用功讀書，生活簡單，但也不是勤儉苦學到矯情的地步。該高興今天的中國留學生有她這樣的人，她不盲目崇拜西方的物質，但也有一種樸素的好奇，自然地想看看人家的文化。她是唸海洋學的，我們看每星期學校免費的歐陸電影或是聽文學的演講時卻總會碰見她。我們走過宿舍的草地，遠遠見她搬一張摺椅坐在樹蔭下讀書。我們在跟她同住的夫婦家裏，碰見她吃午飯，把放在雪櫃裏昨天吃剩的飯和着熱湯吃，一邊翻看「獨角獸書店」的藝術電影節目表，問我們：「這個叫費里尼的這部電影好看不好看？」我生病的時候她煮了一鍋粥，叫我帶回去吃。一個女孩子上完晚上的課，在海洋學院那邊公路等三十四路巴士太黑太危險了，她找了一個男孩子順路送她。我們在跳蚤市場或人家的車房賣舊物那兒碰見她，拿着幾毛錢買回來的一柄木梳，在中國店「和致祥」碰見她買節瓜。我們在通往穆爾大樓的路上碰見她乘腳踏車經過，我們在圖書館放雜誌的部分常常碰見她，在看《人民文學》或是《北京文藝》最新那一期的小說。有時也把舊雜誌借回家，在宿舍跟我們說裏面的故事。

她不喜歡過去幾年的所謂「傷痕文學」，卻喜歡現在這階段許多新的小說。為什麼？「好像比較能講到現在日常生活上出現的問題去。」她說。那些問題有些她也跟我們講過，她說的時候多半從眞實親友自己經歷的角度去講，少從空泛的觀念去講。

比如說她的一位朋友本來要成婚，但卻因為現在再盛行起來的擺酒嫁妝之類問題而弄得疲於奔命，還不知能否結得成婚。

她講故事講得那麼動聽，有時候我們聽到一半，忘記了那是小說中的人物還是她自己認識的朋友。我們逐漸熟悉了那些人物：終於申請調回上海但找不到工作的待業青年，那個終日忙於工作和家務而丈夫又不幫忙的、失去了夢想又給孩子編說神話的主婦，那個默默無名地雕自己喜歡的作品的藝術家，那三個在歲末相聚的相濡以沫的朋友，那個拒絕了整個小鎮的商業風氣的年青姑娘，那個樂觀積極的老革命家和他遇到的充滿懷疑和失望、鬧自殺的新一代的年輕姑娘。

這些人物都比較實在和可以接近，當我們說到看過的某部電影，說裏面那個來美唸書的女子寫得太虛假拔空了，微微卻讓我們看到另外一些人物。

她喜歡的一篇小說裏，一個普通的守林人，辛苦了一輩子沒人理會，去美國探親回來，一下子被記者吹捧成一個拒絕巨額遺產的愛國知識分子，叫他感到迷惑極了。微微說：除了他爺爺殺過人，他十姨是美國居民，他劉癡和千千萬萬螞蟻一樣的辛勞了一輩子的林子人有什麼不同？要讚揚他，為了他的標本，為了他的筆記，為了他對森林和國土的感情都可以，可不該是為了他吃了一個美國十姨的閉門羹啊。

微微也有親戚在三藩市，她聖誕節上去玩，之前也來提灣拿買了許多禮物帶去送給親戚的小孩。微微真是喜歡提灣拿。「東西又便宜又別致，送給小孩子最好不過了！」

她和丈夫一起上三藩市，她說好玩極了。她丈夫買了個新照相機，看什麼風景名勝都透過鏡頭去看，「好漂亮呀！」她摹仿他瞇着一隻眼睛，透過新買的照相機去看這個世界的樣子！

她們也買禮物寄給家裏的兒子。兒子想念他們嗎？硬脾氣的孩子，故意在寄來的錄音帶上說一點也不想他們，快要忘記他們了，惹得家裏的老人家聽了難受，在後面補充說那不是真的。

微微自己是自費來唸書的，唸完了當然會回去，不是因為她是「愛國知識分子」，而是她根本就沒想過其他。對於那些緊張於帶「八大件」回去，或者要佔別人配額便宜的人，她也只能搖搖頭而已。就像她喜歡的那些當代小說中的人物，她也是在俗世的標準下顯得不夠機靈，但卻自得其樂，不喜歡被物質扭曲了自然的人情。她只想心安理得地做個默默無名的小人物，曬曬太陽，看看新出版的時事雜誌知道這世界發生了什麼事。像她老奶奶那樣，在睡不着的晚上起來，碰碰這裏摸摸那裏，喝一杯咖啡，看看小說，寫長長的信。有一次說到她的兒子長得高，她說她自己生下來的時候，因為不足月，所以顯得很小。父母都說怎樣這麼小？她的名字就是這樣來的。

在整條聲色喧嘩的革命大道上，不容易看得見這麼一個樸素微小的人影。我們兩邊張望，有時也走到旁邊的撒巴達街或地亞斯街，或者平行的建設大道上。卡羅斯走了他熟悉的幾家牙醫館，候診的病人抬起頭來，櫃台後年青小伙子翻着登記冊子，大眼睛的護士微笑着搖頭，都是說：「沒有呀，沒有呀。」穿白袍的醫生走出來，是一個瘦小的中年人，平常的樣貌，跟他的病人像公共汽車上碰見的兩個乘客那樣自然扯談起來。

我們又走下樓梯，走過路旁一個賣小蝦凍雜的小販，在一個賣椰子的攤前停下來，分享一個劈開的椰子清涼甘美的椰青，咀嚼一片白色椰肉。清晨的微雨早歇了，陽光隱約顯現，整幅街景好像有一種流動的光，帶着濕漉漉的水影和白色牆壁上反映的斑駁陽光，有一種椰香的清新的朝氣。旁邊有個賣玉米粉燒餅的攤子，一個胖胖的婦人把餅翻過去。胖胖的手弄出看來可口的食物。在提彎拿你到處可以看見人們做玉米粉燒餅，爐子大一點或小一點，餅烘得褐一點或白一點，吃的時候夾辣椒蕃茄紅蘿蔔或是夾肉，不管怎樣，都是人們最家常的食物。街道上有人高聲談話，人們走過，停下來買東西，正在那兒討價還價。好一幅日常生活的街景，我們彷彿是在中國的街道上，四顧張望周圍的臉孔，正在那兒尋一個人。

有時也有那麼一個刹那，好像忘記了要找的人眞正是什麼模樣。這樣自覺地想又好像覺得我們其實認識她並不很深，到底彼此是來自兩個不同的社會，有些事情有不同看法。我們開讀書會，讀到香港或台灣的小說，微微有時不能明白為什麼某些對她看來微不足道的問題，也有人覺得值得去寫。我們卻覺得中國本身也在轉變之中，也許什麼才值得寫的問題，該怎樣寫之類觀念，也在日漸轉變之中。現代化的社會裏，也許又會覺得另外一些問題是重要的？

微微也說她不能明白，為什麼劉把宿舍房子佈置得漂漂亮亮的，給他女朋友買了一瓶一瓶香水化妝品，精巧有趣的玩具飾物，兩個人同住在一起，不到兩個月就各走各的路了。為什麼會是這樣的呢？微微一定在心裏這樣問，奇怪這新世界種種難解的行為。當我們過去借吸塵機，有幾位從北京來的同學也在那裏串門。她留我們吃水果，邊談起想儲錢明年考完試回去一趟，不知是不是可以把孩子帶出來玩玩。電話響了，劉打電話來，說他女朋友要走了，說他自己要搬一個較小的地方，又再託微微給他張羅，看有適合的房間沒有。於是微微又問我們和其他人，託大家給劉留意一下。

那幾位來自北京的同學，唸的都是理科，但他們也去看卡普拉的新電影，開始聽現代音樂，其中的一位的頭髮比初來時長得多。他們在閒談中偶然也說：微微跟她丈夫亦不是沒有問題。甚至說：她也許想留下來也說不定。但就我觀察所見，倒沒有這樣的跡象。說不定大家的位置不同，看出去的微微也有參差。

有一次一位同學說到大衞咸美頓的一張攝影很美，由此說到商業攝影之美。我倒是想到近期廣東一些花花綠綠的雜誌，介紹和轉載香港影視消息和獵奇趣聞，我們看了覺得沒有什麼意思。一位來自內地的作者卻認為這也代表了一種開放。我們大家的分歧或者是來自立場的不同吧，他們經過文革偏激的極左路線，現在覺得連商業化趨向也是爭取自由開放的做法的一部分，極不願意因為壓抑這些商業化的做法，從而把現有的言論自由也一筆抹煞。我們卻一直在商業社會中生活，看穿了廣告宣傳的巧言佞語，而且在我們社會中，商品推銷所代表的勢力影響了大部分人的思想方法，壓抑了其他非主流的思想和創造。我們這種想法，他們因為還沒有身受，所以也很難明白。又有一次，當我們說到研究院的經費和研究方針，他們說很欣賞美國的做法，可以由國防部門，撥款資助大學研究院研究某些問題，可以令大學有充裕的經費，購買儀器和僱請研究員，從事研究工作。我們卻覺得這正是問題所在，列根等人的做法，把軍事與教育連在一起，致令學術研究為某一政府的政策服務，令科學研究失去本身的反省和對政府批評的能力，淪為政治的工具。但他們因為見到本身大學設備和經費的不足，忍不住羨慕別人的做法，這也是彼此立場不同，所以有不同看法吧。

在這樣的時候，他們正在憧憬消費刺激生產的好處，而我們卻在唱反調提出商品化社會的種種弊病的時候，我們總是看見微微坐在一旁，低下頭，好像正在想着她自己正在轉變的國家。

我們走過那些橫街的攤子。我看着街頭劃一的工藝品，為了遷就美國遊客而造出不少米奇老鼠或外星人的模樣。我想到上次在卡羅斯家裏，他帶點偏激地說：現在在提彎拿你買不到眞正的墨西哥民間工藝品，我半信半疑，直到他把家裏的東西拿給我看。多豐富的色影繽紛的世界，又是多充沛的生命力、多活潑的想像力呢！那不是裝飾品，是尋常的衣物用品，是日常生活的一部分，是用手做出來的，仍然每日應用的。它們帶着日常食物瓜果花鳥走獸的形狀，卻漆上鮮明的想像色彩：一個人臉的茶杯、彩珠做的蹲伏的鱷魚樣的矮凳、畫上了故事的葫蘆、魚和鳥兒的卦氈、美人魚的船、生命之樹的燭台、爬滿了小人兒的燃香的缽子。鞋子、木屐、錢包、襯衣、傢具、杯壺、毛氈、枱椅、籃子、樂器，那些原生的形象都很簡單，沒有精細雕鏤，卻有一種稚拙的美。這些藝術彷彿形象化地凝聚了民間的智慧和想像，卡羅斯說。

我想中國的民間藝術也是這樣，我喜歡的陝西布什物和布玩具，綉花裹兜和遮裙帶兒，剪紙和年畫，也有這些既樸素又活潑的素質。在他家作客那個晚上，卡羅斯說到他最近這次回內地去，在自由市場的攤檔上，見到有人在賣香港台灣的影視藝員和歌星照片、印滿美國俚語的運動衣、甚至鍍金的塑膠佛像和聖母像。

我回想我七三年在廣州所見，那時批林批孔還未結束，到處都是劃一的標語。飯館前面掛起一幅陳舊的白布，寫着血紅的大字，裏面的人也在標語下面彎着身子艱難無聲地進食。

從那時到現在，十年過去了，經過了多麼大的轉變，又會再走怎樣的路呢？以後會怎樣呢？卡羅斯也這樣問，目的不在嘲諷。他也說儘管那樣，他也遇到許多誠實守約的人，許多昔日的朋友沒有改變，這裏那裏你總可以遇見樸實的人，像泥土那樣露出美麗的顏色。也許我們仍然要在這喧鬧俚俗的道路上前行，在尋常的人群中尋找吧。卡羅斯忽然望向街的盡頭，Que muchacha china bonita！他叫起來。我順着他指頭的方向看過去，在一列雜亂的攤檔後面，路旁一張長椅上坐着的、那位「可愛的中國姑娘」不正是微微嗎？她像一個迷路的人，茫然坐在那裏，也許正在聽人們吵鬧的討價還價，也許坐在旁邊想自己的問題。早晨的陽光照在她身上，投下斑駁的影子，鴿子從她身旁飛過，她都沒有留意。也許她昨夜沒睡好，也許她沿路走來走得太久，有點累了，也許她要在這兒坐一坐，想一想，再站起來繼續走自己的路。

一九八五年八月

越界眺望

李孝聰

〈革命大道路旁的牙醫〉（下稱〈革〉）與革命無關，它講的是「後革命」時代一個叫做微微的女中國留學生，為了省錢而從美國到墨西哥看牙醫，忘了帶證件，流落異鄉的故事。讀者隨着敘事者「我」（香港留學生）越境，尋找微微的蹤跡。小說中，作者透過「我」的角度，以豐富的日常生活細節，生動具體地呈現出這位北京姑娘的性格。與微微的交往，改變了「我」對內地留學生的固定印象，甚至慢慢發現彼此的距離沒有想像中那麼遠，原來無論來自什麼地區的華人學生，縱有差異，但也有不少共通的地方。

也斯一九七八年赴美留學，在美的幾年，使他有機會接觸不同的人，用不同的角度看事物。在〈古怪的大榕樹〉一文中，他說：「從島眺望大陸，又從大陸眺望島。換了一個角度，至少會看到站在原地沒有看到的東西，會想到去體會別人為什麼那樣看事情。」這種經驗，促使他寫了〈革〉這類的作品，後結集於《島和大陸》一書中。在《島和大陸》中出現的人除了有來自不同地區的華人留學生，還有老一輩的移民、在西方長大的華僑下一代，也斯透過這一群海外華人，探討不同文化（內地與香港、東方與西方）的同異，並藉此探究自己的文化身份。

〈革〉沒有了七十年代《剪紙》的魔幻，採用「結合了報告文學和抒情、淡化情節的寫法」，娓娓敘事，到了後來寫《煩惱娃娃的旅程》時，就更將小說變為長篇的抒情散文。將這幾篇作品並讀，有助我們看到也斯幾個階段的轉變。

淹死者的超度（節錄）[6]

一、初抵古堡

今天。是第一天，醒來天還未亮，望出窗外看見灰灰的雲層，然後聽見海鷗的叫聲。走近窗前，只見山下西邊近岸處是著名的羅亞河的出口，遠處就是大海了。貧道便去沏茶，想待天亮後再拭目細看。

異鄉茶壺的蓋怎樣蓋好，電掣如何接插妥當，何處找抹布和紙巾？我們塵世中人，豈不每日為瑣碎營役？

最需要知道的是：我的電腦在異鄉如何能好好運作？三腳的插蘇可能接上兩腳的插座？中國的電腦可以跟法國的總製溝通嗎？羅亞河畔的游子如何向中國道觀的主持匯報？

---

6 刊於《字花》(2007)，第七至九期，分上、中、下三篇發表。原文共十節，現節選的為第一、二節。

一個早晨胡思亂想到此為止也就夠了。沒有了我私人的茶針小刀，如何撬開珍藏的宮廷茶磚呢？每天早上，必須泡一壺茶，清洗我前日混亂的五臟六腑，更新我懵懂混沌的腦袋，有待靈台恢復清明。

佛德烈克主持要星期一才接見我。我昨夜抵達，是周五的夜深，彼得來火車站接我，帶着毛驢幫我把行李搬運上山。今朝又是他給我指點下山的路，說明下山後沿路前行，何處有超市可以購買日常需要。

温文爾雅的彼得，昨夜他領我走上古堡頂層最高的閣樓，約好今早給我電話。今早他在透着晨光寬敞無人的大廳等我，應我的要求到辦公室試看電腦能否上網。電掣沒有問題，上網卻未成功，只好等星期一有人回來辦公了。

彼得帶我到後面的廚房，讓我看炊食的設施、每天從山坡花園裏收穫進來的蔬菜，告訴我私人食物可放牆角的籃筐，其中一個已寫上我的名字。他說古堡的習慣是每星期一晚上共進晚餐，其他時間則各自工作各自煮食。這月份訪客不多，我盡可以完全自由，埋首我的工作不受騷擾。我感激他們的細緻，以及對個人自由的尊重。我本想問問彼得的工作，我猜想他是資深的研究員或是翻譯家，但我暫時也不想細談我釋經的詳情。還是等見過主持再說吧。我謝過他便沿路下山去。

我只買了牛奶麪包和馬鈴薯沙拉，記掛着工作便回來了。老實說，貧道在熱騰騰的燒雞面前站了一分鐘，在最愛的青口和海鮮枱前站了五分鐘，也不是沒有掙扎的。不過設想初到還是不要大費周章。況且目前阮囊羞澀，工作進行順利再給自己煮一頓海鮮作為犒賞吧！心有牽掛，還是想試試在房間裏能不能展開工作。物外大師的臉容在腦中閃過。時間無多，我必須爭取時間，在這一個月內把工作完成。

緩步上山，灰雲後微微露出正午的日光，我在山坡眺望，今朝看來好似凝止不動的灰色河流，現在竟也見到水流湧湧的流姿，滔滔而去，逝者如斯乎？

山上似傳來笛聲，遠眺古堡的花園樹下，似有一白衣女子持笛吹奏。是棲留古堡中的客人嗎？笛聲斷續，飄渺出塵。拐上山坡沿石子路來到堡壘前面，笛聲不復聽聞，白衣人也不見影蹤了。

回望山下，灰青色的河流裏隱藏着一個我們看不見的世界。

一夜亂夢，盡是個人一生種種窘困，未了的塵緣與未竟之業。彷彿初接校釋經文的大任，又彷彿在海濱初遇龍女，一年來在異鄉的奇緣與挫折，亡靈的哀怨與妖魔的肆虐、卑微的求道的旅程、物外大師臨去的囑咐。朦朧中聽見右邊的牆上有女子的聲音說：peut-être！我忽然驚醒過來！臥室無窗，分外嚴黑，門縫下卻似有掠過的光影。我走出居室，卻是安寂無人。我隨手給木門上鎖，又有點慚愧，自覺道行未夠。抹過把臉，乃端坐正心細閱經文，準備開始一天的功課。

讀了一會，開始感覺月來奔波的疲累，天色才逐漸透亮！

二、校勘經文的旅程

師父說：這卷《幽明經》裏充滿模稜兩可的詞義，相傳執筆的是個半仙半俗的奇人，先後有方家研究過各別的出處，忖測過裏面隱含的情事，你要去尋找早年鈔本，鑑正錯謬，補訂逸漏，盡量恢復經文原來的意思，然後重新鈔寫，面對海洋焚香朗誦，以為亡靈超度，讓冤死者得到安息。若果解讀不慎，用詞失當，則只會挑起仇恨怨憤，製造更多冤屈。經文落到不懷好意者手上，只會挑起無窮野心、煽動膨脹的慾望，引發重重災難，徒令生靈塗炭矣！

「我年紀大了，」師父說：「我也不知你能否當此重任，本來還輪不到你出去。你是山外寺廟收養的孤兒，本應受戒當小和尚，寺塌僧散，你輾轉來到我們這兒挑水砍柴，也跟着大家聽經學道。可是你的根基不穩，學的道也駁雜不純。也不知物外大師看到你有什麼長處。唉，法國人總有他們自己的一套……不過既然選了你去你也就盡力吧！」師父看着我又好像沒看到我。他一直沒好好看過我一眼。

我在東岸長春藤大學的地下書庫裏按掣打開屏蔽起來的書架，捧出久未有人借閱的經文，埋首鈔書。我在另一所學院特藏善本書庫中，就着這建築物特別能透光的大理石從外面漏進的日光，為我的疑惑找一個腳註。這些經史子集都有各自漂泊的歷史，就像我遇到的學者，各有不同的故事，好不容易才薈集在異鄉的樓閣。

在西岸大學的收藏室中，布朗教授讓我看胡導演的九大箱東西。他說我還是第一個來打開這些箱子的人。我打開來，發覺有書本、文稿、電影的分場和畫稿、個人的單據和雜物。廣博凌亂卻又乏人整理，讓我想到熟讀經書熱心助人的導演壯志未酬的一生。我看了一天，卻找不到他當年收集到的那卷經文。

我在京都的書庫，雙手發抖打開井上大師留下的一函古籍：經文的舊頁上夾上大師的批註！對前人的舊譯增刪補充，換一個詞，意思就不同了！大師也真謙厚，留下許多疑問，保留了模稜之處，認是未竟之業，留待後來的有緣人完成！我不敢自許可以完成大任，感激博學的門人慷慨向我這後生展示經典，我也盡我所能，希望在字裏行間找到更深刻的意思吧！

午夜見有夜航船在海面緩緩而過，帶着滿船的燈。然後又歸於一片玄默。

鞋廠的大火把河水也染得通紅了。燒了幾日幾夜。物外大師做完法事，元氣大傷。都只為忿妒華人的鞋業生意興旺取價廉賤。人世的怨懟不易消解哩！大師呼息不順話不能多，他說又參詳出經文一些段落的真意，已記下來，要由我去一一修正。不過時間無多，我翌日必須動程北上。法事一定得在年底完成！

「你晚上來，我把大手印傳你。」

不過是三道招式，我也學了大半個時辰。自知資質愚劣，還要用筆記下要點，真不像話。幸好大師沒有不耐煩的表情。我跟物外大師相處，感覺十分自然。記得有一場盛大的道場法事，物外大師不擺架子，溜到後座坐在我這後輩身旁，原來他是要偷偷從葫蘆裏喝酒。大師兄正在弘揚正道、絮絮叨叨。物外大師轉過頭來用我聽得懂的話說：都是木頭話！

練完了大手印，想到離別在即，我就大着膽子問：

「大師，為什麼選我呢？」

乾癟莊嚴的臉上裂露出一線慈和的笑容：「因為你是孤兒，自小寄人籬下，體會了歧視和偏見。因為我聽過你解經：說的不是木頭話！笨拙生澀，但不拘俗見，亦沒有偏激的怨憤。」

我心中惶恐，自知不是做大事的材料。

我待要說話，道長舉起手來。他擺擺手，說：「去吧！」

早上動程，晚上抵達馬賽，等待明日轉車北上。下了火車，發覺九時以後已沒有地鐵，出去找公車，好不容易上了車，兜了個大圈，不知身在何方。我原想到山上教堂掛單，但見不遠處似乎是海邊，店舖旅館林立。想在那兒問路投宿也許比較方便，便下了車。穿過寂靜的小路，看到前方有以海鮮湯招徠的餐館，人氣聲光的花花世界，就想怎也可以找到地方借宿一宵吧。

幾個與我一起下車的北非男子，越過我拐進前面一道橫街。剛才沒留意，人群中似有一道倩影，背影與龍女無異。莫非她被惡漢挾持？我衝口而出，高呼龍女！她在轉進小巷以前，回眸望我：不正是朝思夢想的眉眼嗎？

我的英雄氣概油然萌生，連忙奔前，才拐進小巷，頭上就着了一記，散我滿天星斗，天花直冒！迎面兜來一拳，打得我整個人拋坐路旁！那女子回過身來，完全變了樣子，只是一個膚色黝黑的異國姑娘！這是誤會還是一個陷阱？他們要搶我行李，我連忙撲過去護住經文的手提箱，準備以身殉法，死不放手。不料道高一尺，魔高一丈，只覺一拳襲擊我腰，一手抓我小腿，幾雙大手把我連人帶箱舉起，擲向牆壁！眼前一黑，就這樣暈死過去！

貧道沒有辦法令法國警方明白：這不是馬賽每日例行的刼案，（他們說：你沒有看過真赫曼主演的French Connection嗎？）而是溺死的中國鬼魂化身搶奪我施法的經文！不幸中的萬幸是，尚有最後從物外大師處鈔錄修訂的大半本經文，藏在貼身內袋中未被搶去，但行李箱中其他種種不同鈔本都給抄走了。偏是盛衣服雜物的箱子雖被翻成一片狼藉，仍扔在原地未被抬走，與半暈死躺在路旁的賤軀同為巡警發現。這不就是證據是什麼？那有黑道刼案專要搶經文的？

當貧道一拐一拐出院，往警局銷案時，發覺警察局原來就在劫案現場附近，真是十分方便。公安大爺對於只是失去一摞經文、包袱、雨傘、和為數不多的現鈔，感到有點失望，隨便敷衍幾句：諒你也知道追回失物的機會是微乎其微的了？言下頗有幾分怪眼前貧道浪費了他的寶貴光陰。我也沒法向一位法國公安解釋這些到處鈔寫回來不同版本經文和各種註釋的真正價值。

翌日還要到中國領事館申請補發出入境通行證，對方知道是來自孤島上的道觀，二話不說就押後處理，待先辦好了所有外國人的護照再說。等待期間辦事的大爺又跟幾位來訪的皮褸大漢閒話家常，因話提話，直到辦公時間快結束了，才匆匆簽押公文，打了三個交叉，收了三倍逾於常規的急件價錢，把天書擲下來，順便交帶：出去時一併給我們帶上閘門！

反正已經錯過當日北上的火車，我致電南部老友長清道人求救，在他家借宿一宵。長清道人貌似中年，卻有百歲老人的智慧。他的大屋建在山谷中央，隱藏在樹叢之中，鄰近山谷有盛產好酒的葡萄園。長清道人退休以後，就隱居在這裏研究志怪小說。他好心借給我旅費和更換的衣服，一起喝光了一瓶紅酒，還順便解決了一些古文句的奧義典故。

深夜抵達西北海邊的小城，已是人疲馬乏，帶着肉體的瘀傷和殘破的經文，可說是行到水窮處，可卻又是來到河流的出口呢！

二〇〇七年一月三十一日，Saint Nazaire

游戲不兒戲——〈淹死者的超度〉

李孝聰

談到〈淹死者的超度〉（下稱〈淹〉），吳煦斌說也斯寫時「一邊寫一邊笑」。我記得〈淹〉在《字花》連載期間見到也斯，曾和他略略談起這篇小說，我告訴他這篇新作很有趣，風格與近作不同，也斯笑說，最近想試試新的寫法。也斯便是這樣，總是在作不同的嘗試，和他到功德林吃飯，他最喜歡品嚐冷麪的不同調味料，還鼓勵我們攪拌醬料，混成不同搭配，我們笑他「混醬」，他卻混得興致勃勃，吃得津津有味。

〈淹〉結合現實時事（偷渡客死亡的新聞）和古代神話（〈柳毅〉和〈五鬼鬧鍾馗〉），以志怪手法寫現代小說，揉合懸疑、驚險、諷刺、神話多種元素，穿古通今，亦幻亦真，玩得淋漓盡致，不亦樂乎，難怪也斯邊寫邊笑。也斯喜歡玩遊戲，他曾說：「寫作給了我更大的自由，在那裏我可以扮演或正或邪的角色，有一種頑皮搗蛋的快樂。」[7] 寫小說是也斯的文字遊戲，不過他的遊戲並不「兒戲」，〈淹〉表面上與也斯其他小說不同，內裏卻仍保留了他言志的心思。游是也斯小說一貫的主題，旅程是追尋、成長的過程，小道士的解經和超度之旅，也是他個人的成長之旅。經歷種種的挫折、考驗、迷惘，小道士終於完成超度，消滅妖魔，而他也克服心魔，認清前路，獲得心靈上的自由和成長，小說的結尾，他遠眺長長的海岸，準備下山去走那一大片未走過的地方。同是借神話發揮的言志之作，〈淹〉比寫於一九七五年的〈養龍人師門〉，少了頹然迷失；同是奧德賽式的流離旅程，〈淹〉比八十年代的《煩惱娃娃的旅程》開朗積極，也斯這幾篇旅程小說，透露了他的心路變化。

7 〈布拉格的明信片後記〉，原刊《星晚周刊》第894期，1992年2月17日，後收入《香港文化空間與文學》，青文書屋，1996。

艾布爾的夜宴（節錄）[8]

三

六時半我們在酒店前面集合，乘計程車上山朝聖去。正式開始這美食之旅，大家都不免有點緊張。只有鴻燊來過，平常都是他風花雪月，太太在港勤奮打理店舖，一切弄得井井有條，這次居然帶着太太歐游，C說他一定是要「補飛」了！C也沒來過。他談起他去過巴塞隆那的另一所新派餐館，有花園，室內用匙羹造出了吊在半空的裝置藝術，食物也很講究呀！鴻燊在車上把話題拉回艾布爾的種種傳奇：一年只開門營業六個月：從四月到九月！所有廚師躲在巴薩隆那的實驗室裏，試驗各種不同菜色。餐廳所在地雖然偏僻，卻經常滿座，要預早一年訂位。艾布爾現在被評為世界最好的餐廳，Ferran Adrià 是最傑出的廚師，領導新一代餐廳的潮流。在歐洲，不是常常聽到人說到「艾布爾式」的美食嗎？

「根本可以分為前艾布爾時期和後艾布爾時期，艾布爾出現以後，飲食的觀念不再一樣了！」鴻燊好像在寫美術史那樣鄭重宣布。他本來就是寫美術評論的，現在卻在飲食業裏找到新的生命。過去的藝術家是詩人、畫家，近來是建築師，現在是名廚了！

計程車上山，在山間的小路蜿蜒前行，然後，從一個山頭，駛往另一個山頭。有些山路的彎角真陡，難怪大家都說不宜自己駕車，尤其吃過飯喝了酒，更不適當。乘計程車去也不算遠，再拐過一個山頭，就看見海了。風景真是漂亮。車再前行一段路，就在山坡路旁停下來。我下了車，才看見El Bulli的招牌，閘門卻鎖上了。

「不到七點，門是不會打開的！」

果然夠「酷」！不過到了七點，來開門的年輕人還是面帶笑容。我們走下斜坡，好像往藝術館參觀那樣，走進餐廳所在的園林。我們在草地上漫步，可以看見有路通往遠一點的海灘，有人在那邊游泳。

餐廳還未開門，我們從外面低矮的大窗俯望進去，看見一所巨大的廚房，放滿了鋼的

---

8 選自《後殖民食物與愛情》，香港：牛津大學出版社，2009年。原文共六節，現收錄的為第三至第六節。

廚具、石頭、木柴，真像一所實驗室。沒想到有那麼多廚師在裏面，好像實驗室裏的科學家一樣，正在為我們試驗配製出來的美食。

貴婦和格蘭坐的計程車也進來了。我原以為年輕人史跟覓和他們一道來。原來不是。原來格蘭夫婦先到巴薩隆那機場租了車。年輕人來到又吵架，覓生氣離開，史到處找她。貴婦想去其他地方，等他們不回來，就先走，不是像原來說的那樣一起開車過來了。

貴婦說：「我也沒有他們的消息，我就留了短訊，叫他們自己開過來好了！」

我問：「史會開車嗎？」格蘭拍拍我的肩膀說：「不用擔心，覓會開車的！」

鴻燊跟着說他今早的經驗，他們去機場接了伊莎貝，然後去租車，租車公司把車給他以後，他才發覺他們竟然沒有了自動波的，要用棍波，他硬着頭皮開。問要地圖，租車公司竟然說派光了，沒有地圖！「幸好鴻燊夠經驗，技術好！」C君讚道。

大家說起各自的行程：鴻燊他們從阿姆斯特丹過來。格蘭呢，好像有公事去了倫敦，臨時趕不上原定的班機抵達，貴婦沒了他的消息，大半天後才聯絡上了。他們夫婦從巴薩隆那也先去了Figueres，也去了達利的劇院，還在附近的商店購物，買了套達利設計的餐具，覺得很滿意。原來鴻燊和貴婦他們不斷互傳短訊聯絡。我沒有進入他們的網絡，才不知道他們的去向吧了。香港各人從不同的地方來，在這個海灣旁邊的傳奇餐廳碰頭，坐下來吃一頓飯，也是一種緣分吧。

餐廳開門，先去參觀廚房，鴻燊跟 Ferran 認識，便帶大家去跟大廚拍照，我看見廚房有一巨大的牛頭塑像，是他們的招牌吧！大廚像一個神秘的祭司，將要舉行一場怎樣的神秘儀式呢？

安排我們在戶外的桌子坐下來，這兒可以看見下面的海灘，風吹來，舒服極了。後來我發覺原來是這樣：上半場先在戶外吃多道小菜，再搬進室內，下半場再來好多道主菜。坐下來當然先點酒，有伊莎貝在，我們什麼都不用做。她說自己喝酒像魚一樣，吃飯像鳥一樣。吃什麼不要緊，最重要是酒。她喜歡香檳，當然先來香檳了。然後再計劃紅酒白酒。

我正打算放開懷抱喝酒，我的朋友鴻燊卻看我不對勁了：「躲在修道院裏，又沒有女人，又沒有酒，這算什麼呢！」

我解釋：「想集中精神看看書，寫點東西嘛！」

「你這樣是不是很壓抑呢？你是禁慾主義吧？」

想說：大家價值觀念不一樣，取向有不同吧。結果只是說「也不是，沒遇到適當的對象吧。」

每次有女性在場，鴻燊老不放過我，我們還算是認識幾十年了。

「史和覓再不來，這好好的美食又要浪費了！」這也是針對我的。原來訂位時我們的朋友美食家老薛交了錢，打算和他的寶貝兒子來的。不想他的前妻臨時不讓兒子來，說老遠跑來吃一頓沒什麼意思！老薛是「廿四孝老豆」，就寧願去看兒子，把美食也放棄了（枉他還叫「食神」）。有兩個位置空出來，又有人付了錢！鴻燊跟我說，我就說不如找史和覓來吧。他們在倫敦唸書，我知道覓七月要到巴薩隆那來表演，時間剛好湊得上。鴻燊當時也贊成，還是他去聯絡的。現在年輕人不知是不是失約了？好了，這下子可怪到我頭上了。

「喝酒吧，也許他們不過是遲到吧了！」說着，序幕拉開，晚餐開始了。

四

果然像一幕劇場的演出。第一道菜就先聲奪人。幾位年輕的廚師推出一輛小車，告訴我們這頭盤是「琴酒湯力—黃瓜」（gin-tonic-cucumber），只見黑衣人好像做實驗一樣，把盤子裏的材料搓弄，把盛器搖晃，然後「蓬」的一下，冒出一團白色的煙霧，煙霧縈繞，鋼碗裏一堆白色的東西，綴着黃花，遞到我們的面前來。

隨着飄渺的煙霧白衣白裙的史和覓出現在我們桌前，終於來了，加入我們的盛宴。雲裏霧裏還有第二道橄欖，看來是亮溜溜的青橄欖，卻不是人間的橄欖，是天上的橄欖，放進口裏香滑有橄欖的香味，卻沒有橄欖的纖維和硬核，一下子在你口裏溶化了。芒果葉、金盞花：長長的金葉上的小紅花；芙蓉和桉樹紙：紫色透明的蝴蝶在你的碟上振翅欲飛！不，不是蝴蝶，一尾尾大頭的金魚，身體卻是蟬的翅膀那麼單薄，正棲止在一張碟子上展翅欲飛。C伸出手，伊莎貝伸出手，每個人都伸出手去，想要捕捉自己心中所見那飛行的形狀。

「野獸」來了？似幾款酥脆的餅樣的點心！

「橘子精華」tangerine essence，真是從橘子裏提煉出的精華？

一道一道的上來，每一道有每一道的新奇。吃了十多度頭盤，慢慢忖摸出一些道理來。廚師在弄魔術：他們把物的形狀改變了，琴酒湯力應該是飲料，卻變成固體；croquette 應該是炸得香脆的，卻以液體形態出現；味道和常見的製作方法改變了：鯷魚是地中海的鹹鹹的魚，卻說是鯷魚油魚子醬 anchovy oil caviar，又好像帶着植物的味道；brioche 是法式的，卻用泰國的做法。橄欖和橘子改變了形貌，卻又尋回他們的味道：見山是山，見山不是山，見山是山。但我想更貼切的說法或許是廚師在實驗室裏，研究各種物性、各種味道，各種肌理，各種質感，把它們抽取出來，再加以重新組織。廚師是祭司？還是上帝？也許他不完全是上帝，但確是一個創造性的藝術家，他觀察萬物，抽取各自的特色，再把他們搓揉，重新編織，試驗不同的口感、嗅覺、味道、顏色、像畫家畫一幅畫，小說家寫一篇小說。

十多多度頭盤排山倒海而來，叫人應付不了。很想慢慢咀嚼。每一樣都是那麼丁點的，叫你只能淺嚐。但用了那麼多心思，不是也應該細細體會嗎？稍一停頓，我們才有機會互相碰杯，問候一下，談談彼此的近況。

「詩人姍姍來遲呵！」C 笑道。

史我是熟悉的，年輕詩人，沒有老前輩的圓通，自有自己對世界的扞格，寫的東西卻慢慢發展出自己獨有的風格。我喜歡他溫和善良的性格，他通過自己的摸索接觸到世界各地的文學和藝術，他覺得還不夠，儲了錢到外面唸書，他對各種藝術都有很好的胃口，他有一位年輕美麗的舞蹈家妻子。一切不都是很美好嗎？剛才當他們出現的時候，我彷彿看到了一雙金童玉女……

健談的C君，此時擋住了伊莎貝要給他倒的酒，稍覺風寒，要跟年輕人史君換個位置。年輕人爽快地坐到了我的身旁，繼續聽老前輩談他對歌舞伎的專業知識。我知道C君收藏滿書房歌舞伎的書本、錄影帶，他每次都對我說「下季有個盛大的演出，我買了票請你飛去東京看！」如今他豐富的觀劇經驗令他把演出說得栩栩如生，令年輕人神往不已。老先生對兩位年輕人說：「下季有個盛大演出，我買了票請你們去京都看真正的好演出！」年輕人禮貌多謝，我卻不禁莞爾。

身邊白衣的年輕人，代替了前輩的身影，驟眼看去，還以為是C君年輕了五十年。年輕人風華正茂，前面是無窮的可能性，夜色漸濃，他的衣影映照玻璃上，與在座的別人的身影重疊。他好像對這些成年人的世界充滿好奇。但若他繼續下去：他將來會變成一個享受生活擅於漫談的老人家、一個追逐聲色犬馬的唐璜、一個娶了嬌妻的有文化的商人，還是像我這樣一個潦倒的書獃子？

在我對面，貴婦喝了酒，無限嬌美地倚着格蘭，要我當他們的私人攝影師。她問我來時經過的路，她當年也是前衛的鋼琴好手呀，還在普羅旺斯渡過不少日子。我沒有細問那一段過去了，今天穿着三宅一生的衣裝，倚着溫文爾雅的格蘭，不是看來頂幸福嗎？不過她不滿足，埋怨跟着下來要帶一群老闆級的買家作人疲馬乏的西班牙藝術之旅；而格蘭呢，他要經倫敦然後回到北京照顧他的生意！格蘭的京片子說得道地，說到底，他年輕時在北大也風塵僕僕地跟哥兒們乘自行車跑遍大大小小的胡同哪！此時餐廳的人來禮貌地招呼我們移往室內，開始下半場的盛宴了。

五

火鍋裏飄着兩枚白色的大餛飩，蘸羅勒葉的醬汁，份外清爽。說到底，艾布爾不愧是餐廳之王，所有不同的飲食方式，像火鍋、煎炸、冷盤、糕餅、醃製、蒸燉炆、麪條、飯、湯、甜品與果物，都在他的調色盤之內，但總是用令你意想不到的方法繪製出來。

艾布爾永不平庸，它的鵝肝，有多種味道（包括咖啡的味道！）還有多種果物的色彩圓點來為它作七星伴月。它的蕃茄凍湯與虛擬西班牙火腿是粉皮的形狀。我逐漸忖摸出竅門來了，當它宣稱是湯，你不要期望是液體，當他說飯你不要以為一定是米造的。物料像從肖像畫的具體形象變成了抽象畫的筆觸，它要傳神，你要意會。論畫以形似，見與兒童鄰。我們吃熱情果是體會它的各種肌理口感，意大利飯是青瓜籽和咖喱。然後，好了，來了一度「海」，是迴旋的海草，是海草？真是海草嗎？我們跟着迴旋迴旋迴旋進海洋的深處，去探測那還未能為站在泥土上的人說得出來的味道。

我看那些精緻的盛器，想起在貴婦和格蘭家裏盛宴的精緻，這兒的精緻一直連綿了三十道菜，真要命。我想說句話調侃對面的貴婦，剛開口，發覺對面已換了白衣的年輕覓。不是我喝多了眼花，是搬進室內換了位置。看見她沉靜的眼睛、煥發的臉容、身穿舞衣一樣的白裙，不禁想起初看她跳吉賽爾的演出。即使我的位置不好，隔得遠了，還是感到舉手投足裏那痴愛的熱情、失望的痛心，最後一場幽靈般的飄渺、寬釋與訣別的心情。她身上有一種古典藝術訓練的莊重，細看她短髮清爽的臉容，會看到細細的反叛的鼻環。她身上好似有青春壓抑不住的跳躍光芒，既深邃，又危險。

我說金童玉女，他們也笑他倆是金童玉女。但我知道一個秘密。諸事八卦的C曾跟我說：事情已經不是原來那麼好了。他愛上一個初學佛羅明哥舞的庸俗女郎，也許被那表面的激情和正義感迷住了？誰知道呢？誰也勸不了，從一個相對安穩的小島環境出來，青春的激情有美麗的姿勢，也充滿了毀滅與破壞的力量。她在倫敦好像也有一位普通話很棒的外國男友。白衣的一雙儷人，心裏面卻正面臨崩潰的深淵，能否安然度過一劫又一劫，去到那不知是好是壞的未來？……

是那麼多不同的材料與參差的火候，做出一道又一道精彩的菜。在另一邊，C君難耐酒力，已經呼呼睡去。我們為他蓋衣，卻協議讓他安睡，不把他驚醒。剛才我問他五〇年代雜誌上梵樂希（Paul Valéry）的《海濱墓園》可是他譯？他已回答得語無倫次。知道我想往薩蒂（Séte）一探梵樂希筆下的墓園，史表示他也有興趣前往。我叫他明早跟我一起動程，他遲疑一下，說好，不過不要特別等他。若不能一起出發，也許在那兒碰上也說不定。他還是對世上各種事物有很好的胃口。

我問史回倫敦嗎？他說還沒有決定。他說他來巴塞隆那已有一段日子了。覓可是演出才來，還不知怎的誤了一班飛機，沒有了連絡，最後在演出前才抵達了。演出成功嗎？不用說，我可以想像她的演出不會失水準的。聽說有不少好評。

上到後面較重的主菜，斯文的貴婦和格蘭都說要投降了！年輕人雖有點心不在焉的，可由頭吃到尾，每一道新鮮的心思都欣賞。他們本來話就不多，今晚好像更沉默了。偶然幾句話、一個微笑、亮起來的目光，望着我們的眼神，是對未知的好奇、是溫和的批評、是鼓勵這些老頑童的起鬨、還是對世俗熱鬧的留戀？他們一定看得比這餐桌更遠、看到我們未看到的。

食物由輕淺而沉重。艾布爾真的不欺場：鵪鶉、羊腦、螃蟹都由他幻變出來了，只是未必以原來的形狀出現吧了！大音無聲。大象無形。當然艾布爾不是道家煉丹的丹爐，他是借重科學的精確，調弄色香味的各種分子，為我們開發感官的新領域，重繪飲食的地圖。原汁羊腦，羊乳酪還有羊毛，伊莎貝本來就只愛喝酒不怎麼吃，鴻燊太太碰到太怪異的也放棄了，只剩下我們兩個後後青年（當然，鴻燊偶然吞下幾顆藥丸），陪着兩位青年，從頭到尾把食物品嚐，細啖生命中各種滋味，直至最後的甜品。

鴻燊埋首大嚼，抬起的目光看着兩位年輕人，說他也舞文弄墨，要把書送給他們。說話重複又重複，我想他醉了。我繼續喝酒，覺得吃的也差不多了。艾布爾好的確是好，不過三十道菜，如果由我來選，我寧願分兩天享用；最好是有一個知心的伴侶，最好中間有些留白，或者散散步，聽聽音樂，回來再享受。作為一個書獃子我會寧願先有菜單在手，現在是逐一宣布，最後再每人派一張菜單，教人回味，也有戲劇效果，卻不利研究，尤其我們這些邊吃邊想多理解一點的人。總之，美食的設計和構思是一流的，觀念也是新觀念，無論如何是一生難得的美食經驗，總之……呃，說到後來，我也不知自己在說什麼了。

我們踉蹌走出花園，叫的兩輛計程車已經來了。史和覓還不想乘車，他們要漫步走下海灘。跟我們揮手，黑夜裏恍如白色衣影的幽靈，飄然消失在山與海之間的大氣裏。

六

我醉得不省人事，忘了怎樣回到旅館，黎明時分醒來，嘴裏乾澀，不斷想喝水，卻不能再睡了。我走出陽台，想看日出，卻碰見伊莎貝在那兒，原來她腹痛了一晚，也睡不着。不關食物的事，是原來腸胃就有問題，我們聊了一會，說起舊識，後來也說起孩子父親。孩子六歲了，但一直沒有溝通，每年只見一兩次面。我想起初認識時，伊莎貝說想好好寫一本小說，一晃也許多年了！

正說着話，鴻燊早起去傳真飲食稿件回港，回來帶了份早報，老遠就向我們喊什麼，走近才聽見他驚叫道：「史和覓出車禍了！」

我們問：是昨晚喝了酒開車闖禍嗎？細看原來不是！是昨天下午從巴薩隆那開車來到接近這兒附近，拐彎時跌下了山崖，報上刊出死者的照片和去世的時間！

「那麼昨天晚上跟我們一起吃晚飯的兩人是誰？」

我連忙檢視昨晚拍的照片，食物的照片還在。兩個年輕人的照片都不見人影。

「他們依言赴約來了，要告訴我們什麼呢？」

翌日的黃昏，我抵達法國西南部的小城薩蒂，在海濱的墓園裏，我靜坐在碑石之間，對着遼闊的海洋，默念一遍梵樂蒂的長詩：

……

猶當果子在愉悅中融化
猶當它把缺席變成芳香
在咀嚼中形貌逐漸消失

我在此啜吸將來的煙屑
天空向焚化的靈魂頌唱
呢喃的海岸無盡的變化
……

心中不知是惋惜是哀傷?是驚詫還是慈悲?冥冥中似有無數的幽靈與我同在,一欲探究詩中隱藏的生命的幽玄與無窮的變幻。

也斯的份子料理

李孝聰

不知道也斯的廚藝如何，但他肯定不會是一個守規守矩的廚師。「一定要由乳豬開始嗎？一定要吃翅嗎？吃中式就不能吃星馬印？一定要先吃鹹再吃甜？不能混雜食材？可以不可以大菜連起小菜，中菜加西菜，加上一些不能上桌的東西？能算一餐麼？也可以吃一頓有創意有趣味的晚飯吧。」[9] 也斯如是說。

《後殖民食物與愛情》（下稱《後》）就是在這樣的想法下炮製的盛宴。系列的第一篇發表於一九九八年，之後，陸續在不同地方的刊物上發表其他各篇，經十年才寫完。《後》包括十三個短篇，十多個人物，每個故事似乎獨立，但人物又直接或間接互有關係，交錯出現在不同故事，其間鹹蝦醬、法國料理，懷石料理、蕎麥麪、廣東點心、溫哥華私房菜、新派分子料理，共冶一爐，各篇之間既不是按時序編排，情節也不必互相連繫，縱橫交錯，互相碰撞，在鬆散中自有法度。也斯之前在敘事和語言上作實驗，九七後，他回歸人物和故事，以食物和愛情來

9　〈雲吞麪與分子美食〉出自《後殖民食物與愛情》〈後記〉。

寫後殖民時期香港人的生活，卻不想被鎖定在俗套公式中，於是嘗試用沒有定型的手法，釋放被定型的「食物與愛情」，表達另一種感受和感情。

〈艾布爾的夜宴〉寫一班朋友相約到艾布爾品嚐份子料理，大廚的廚藝精湛，移換變化，分解重構，使他們大快朵頤，敘事者「我」在飲飽食醉之餘，有感而嘆說：「廚師是祭司？還是上帝？也許他不完全是上帝，但確是一個創造性的藝術家，他觀察萬物，抽取各自的特色，再把他們搓揉，重新編織，試驗不同的口感、嗅覺、味道、顏色、像畫家畫一幅畫，小說家寫一篇小說。」這豈不就是也斯的夫子自道？小說中的人物都在追求正宗美食，但艾布爾卻將食物的形相顛覆，失去了形相，是不是就是失去了本色？什麼是正宗？什麼是本色？也許這就是也斯想我們思考的吧。

輯四

也斯的離與不離

你這不介意越過邊界支持芸芸眾生的
如今真的越過我們所知的邊界
愈去愈遠了

〈邊界〉

從阮妙兆到蕭乾

回來見到《大拇指》的朋友，有人叫我寫「大拇指專欄」，我說：「好啊，反正你們都在寫人物，誰叫我寫我就寫誰。」這麼一說，果然就沒有人再迫我寫了。於是我就動手寫書話，寫我一直想寫的一本小說集。正拿起筆來，阮妙兆告訴我書話版編輯告訴她書話版已經有稿了，反而是「大拇指專欄」欠稿，無論如何要趕一篇。我一口答應下來，心裏有惡作劇的笑：既然阮妙兆不知就裏約稿，不如就索性寫一篇阮妙兆，若由我來執筆，大拇指人正有許多事情可寫，有許多我始終記得的質素。我在滿屋的《大拇指》舊報紙裏找一枝可寫的筆，卻翻到蕭乾新出版的《散文特寫集》，於是又記起初見蕭乾時，想過為《大拇指》寫一篇蕭乾。為什麼想為《大拇指》寫一篇蕭乾呢？《大拇指》和蕭乾，好像風馬牛不相干的兩回事。不知阮妙兆會不會喜歡蕭乾的作品？一個像阮妙兆這樣年輕的小說作者和編輯，可以從蕭乾的作品裏看到什麼？

蕭乾在《新文學史料》上寫過一篇長文回憶他編《大公報》文藝的經驗，我覺得他寫得真好，仍然可以作為我們今日要編東西的人借鏡。他編的文藝版大既相當於我們的文藝和書話版，我們看他寫怎樣約稿，怎樣搞專輯和約書評，可以見到他自覺地在有所偏側的潮流下，想建立起一種明智全面地評介文學作品的風氣。他應付各種考驗，設計各種做法，是為了公正圓通，維持一種平衡。

《大拇指》刊過不少很好的專題報道的文字。像《大拇指》的朋友一樣，蕭乾年輕時也既寫創作，又寫報道文學。他最先寫報道文學，是為了給自己將來寫小說打好底子。寫報道是去採訪人生，看看別的人怎樣生活，進一步去認識這個我們生活其中的世界。蕭乾的報道愈寫愈好，結果不但成為一個好編輯，也成為一個好記者了。

當我們說某人是一個好編輯，一個好記者，那是什麼意思呢？那就是說，他不是一個把自己看得最重要的人，他對外面世界常有一種興趣，對好的作品和出色的人物有一種樂於推介給別人的熱心，對現實的資料有求翔實準確的細心；這樣的一個人，是一個負責任，有擔當的人，也是一個有理想，有是非感，愛結交朋友，但不盲從附和的人。最重要的是，這是一個去實行的人，相對於許多人在宣言中說許多偉大的空話，這個人是真正去實踐，從所寫所編的文字裏見出立場的人。既然蕭乾這樣的作者和《大拇指》一些編者想做的是相似的事，那麼他做的事情的意義或可幫我們見出此時此地所能做到的事的意義，他做得出色的地方又可幫助我們見到如何可以做得更好了。因為即使最先創辦《大拇指》的人，大家心中隱約有一種想望，但也沒有用文字完全寫清楚。事隔多年，記憶也許模糊了，阿祥回憶《大拇指》的創辦，說來就只記暑天的啤酒，其實面對工作的煩瑣時，已經是秋涼了。也許大家沒有用一句話說清楚辦刊物的理由，所以也有個別不同的疑慮，每個人個別不同地在工作中反省求證。現在的《大拇指》相信同是這樣吧，最近「大拇指專欄」裏大家在寫現在的編者，一方面好像是在寫認識圈子的人，但我想其實另一方面或許亦表現了在種種疑惑之下隱約想肯定某種質素又未能說清楚那是什麼質素、想肯定自己做的事是有意思又說不清楚那是什麼意思的一種心情。

在《大拇指》看到李孝聰馬康麗他們訪問沈從文吳組緗，我很高興，高興《大拇指》有時也能自覺地做一些此時此地可做的事，有自己的方向。我在美國見到蕭乾，也採訪了這位採訪人生的作者，寫了〈寫小說的蕭乾與寫報道的蕭乾〉一篇長文，寫的時候，也隱約有《大拇指》的舊友在心裏，此文一時恐怕不會刊出，所以我又把底稿寄一份給凌冰，也想給李孝聰馬康麗看看，互通消息。採訪不僅是採訪而已，而是這人身上有些質素，是我欣賞，也想我認識的人會欣賞的，然後不妨回看我們所處這不同的時代不同的地方，比如香港，看可做的是什麼。所以我也想寫劉以鬯的小說集，想寫的不僅是書評而已。回到香港，看到聽到想到許多問題，比如教育的問題，社會的問題，實在是與文學息息相關的。我有許多感想，一時不知怎樣說，一時又不知跟誰去說。香港有許多老朋友，但我來去匆匆，還有許多朋友沒機會見個面，還有許多話想談未談。《大拇指》的阮妙兆陳進權范俊風等人，仍然老老實實的工作，仍然是不覺得自己那麼重要，沒有沾染上浮誇的陋習，仍然對人對事有很大的信心，但又仍然有疑慮。而喝啤酒的阿祥呢，他沒見到蕭乾，但現在在波士頓卻見到當年影響蕭乾最大的沈從文了。與鍾玲玲喝咖啡，看到阿祥新鮮熱辣寄回來的記沈從文的談話的原稿，然後大夥兒聽沈從文的錄音帶，大家都感動了。不僅是因為沈從文是我們中學以來就喜愛的作家，而是因為這位七十八歲的中國人，他的說話他的態度使我們端坐沉思。沈從文一直默默工作，他也不覺得自己很重要。這不是偽作的謙虛，口頭流利的裝飾，而是一種真正的見識與胸襟。他是從默默工作幾十年中，達到這種見識與胸襟的。我離港前還會有一次機會見到《大拇指》的朋友，我想把沈從文的錄音帶帶去，播給大家聽聽，不知道阮妙兆、不知道《大拇指》的朋友，會不會喜歡沈從文的說話呢？

談〈從阮妙兆到蕭乾〉

許迪鏘

〈從阮妙兆到蕭乾〉其實不大寫阮妙兆，而是寫給《大拇指》同人的一篇文章。現在《大拇指》已結束差不多四十年，同人讀來想必仍感親切，對一般讀者也有一定意義。「大拇指專欄」由一九八〇年九月十五日起刊於《大拇指》的專欄版，據編者介紹，這專欄「是大拇指編輯輪流露面，寫的是你熟悉或不熟悉的編輯」，首篇是馬康麗的〈阿里這個人〉，阿里即本書編輯之一李孝聰。本文刊於一九八一年一月一日《大拇指》第一百二十八期，也斯一九七八年中赴美深造，一九八〇年短暫回港。文中他用婉轉的筆法，提醒同人不要太重視個人（自己人寫自己人），要把目光擴展到社會上的人和事，但他同時也肯定大家藉着自我期許，從而堅定信心，掌握自己要走的路——而且也有同人真的做到了。也斯的筆調委婉親切，既有（溫柔的）批評而更多的是支持和鼓勵，這也是也斯不少散文的基調。

《大拇指》是一份綜合性文藝刊物，一九七六年十月創刊，一九八七年二月停刊。阮妙兆、陳進權、范俊風、凌冰、馬康麗、李孝聰都是《大拇指》的編輯。阿祥即張灼祥，《大拇指》創辦人之一，一九八〇至八一年間游學哈佛，沈從文一九八〇年底訪美，曾在哈佛大學演說。也斯和「阿祥」是挺愛互相調侃的好友。文中〈寫小說的蕭乾和寫報道的蕭乾〉刊一九八一年十月一日

《大拇指》第一百四十一期，後收入牛津大學出版社二〇〇二年版《街巷人物》。「一時恐怕不會刊出」，可見當年發表文學作品並不容易。

也斯手稿

從阮妙兆到肖乾　也斯

回來見到大拇指的朋友，有人叫我寫大拇指專欄」，我說：「好呵，反正你們都在寫人物，誰叫我寫我就寫誰。」這麼一說，果然就沒人再迫我寫了。於是我就動手寫書話，寫我一直想寫的一本小說集。正拿起筆來，阮妙兆告訴我書話版編輯告訴她書話版已經有稿了，反而是大拇指專欄欠稿，無論如何要趕一篇。不知就里的稿，不如就索性寫一篇阮妙兆，若由我來執筆，大拇指人正有許多事情可寫，的傾害。我在滿屋的大拇指舊報紙里找一枝可寫的筆，卻翻到肖乾新出版的「散文特寫集」，於是又想到初見肖乾時，想過為大拇指寫一篇肖乾。為什麼想為大拇指寫一篇肖乾呢？大拇指和肖乾，好像風馬牛不相干的事，青的小說作者和編輯，可以從肖乾的作品里看到什麼了？

肖乾在「新文學史料」上寫過一篇回憶他編大公報文艺的經驗，我覺得他寫得真好，仍然可以作為我們今日要編東西的人借鏡。他編的文艺版大概相當於我們的文艺和書話版，我們看他寫怎樣組稿，怎樣搞專輯和約書評，可以見到他自覺地

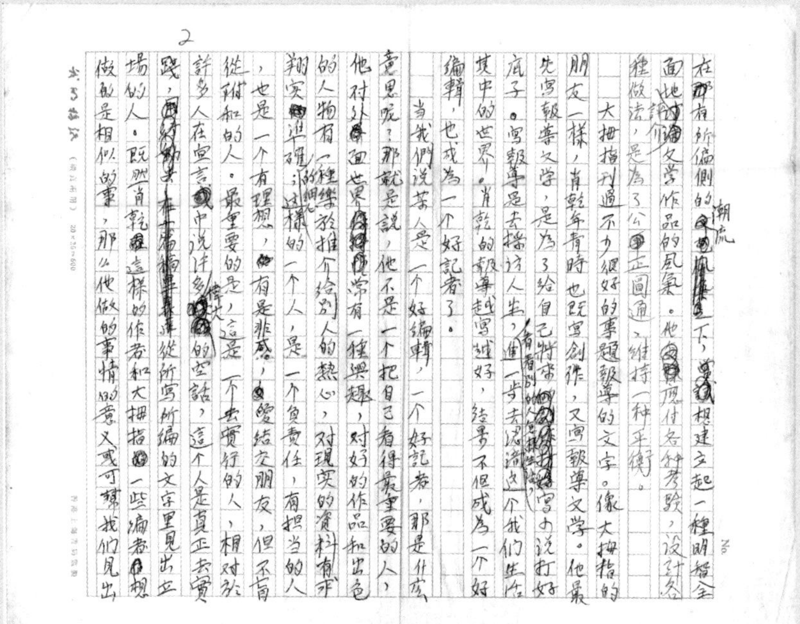

2

在那有所偏側的文藝潮流風氣下，嘗試想建立起一種明智全面地評介文学作品的風氣。他應付各種考驗，設計各種做法，是為了公正圓通，維持一种平衡。

大拇指刊過不少很好的專題報導的文字。像大拇指的朋友一樣，肖乾年青時也既寫創作，又寫報導文学。他最先寫報導文学，是為了給自己將來寫小說打好底子。寫報導是去採訪人生，看看別的人怎樣生活，進一步去認識這个我們生活其中的世界。肖乾的報導越寫越好，結果不但成為一个好編輯，也成為一个好記者了。

当我們說某人是一个好編輯，一个好記者，那是什么意思呢？那就是說，他不是一个把自己看得最重要的人，他对外面世界常有一種興趣，对好的作品和出色的人物有一種樂於推介給別人的熱心，对現实的資料有求翔实準確的細心。這樣的一个人，是一个負責任，有担当的人，也是一个有理想，有是非感，會結交朋友，但不盲從附和的人。最重要的是，這是一个去實行的人，相对於許多人在宣言中說許多偉大的空話，這个人是真正去實踐，從所寫所編的文字里見出立場的人。既然肖乾這樣的作者和大拇指一些編者想做的是相似的事，那么他做的事情的意义或可幫我們見出

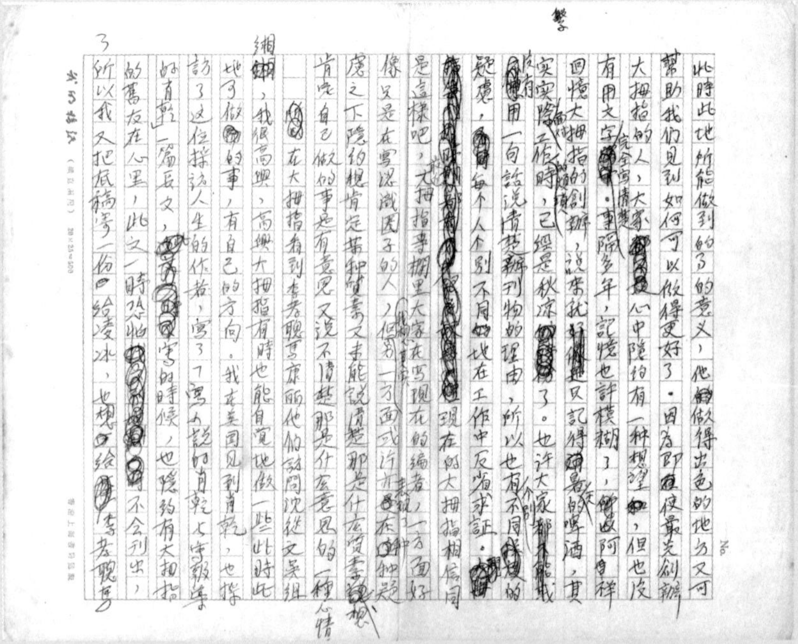
此時此地所能做到的多的意义，他做得出色的地方又可幫助我们見到如何可以做得更好了。因為即使最先創辦大拇指的人，大家心中隱約有一种想望，但也沒有用文字完全寫清楚。事隔多年，記憶也許模糊了，阿祥回憶大拇指的創辦，說來就只記得喝啤酒，其实實際工作時，已經是秋凉了。也許大家都不能找一句話說清楚辦刊物的理由，所以也有不同的疑慮，每个人个別不同地在工作中反省求証。現在的大拇指相信是這樣吧，大拇指李棚里大家在寫現在的編者，一方面好像又是在寫認識園子的人，但另一方面或許未能⋯⋯處之下隱約覺肯定某种價值又未能說清楚那是什麼實質，肯定自己做的事是有意思又說不清楚那是什麼意思的一種心情。

在大拇指看到李孝聰寫康丽他们訪問沈從文吳組緗，我很高興，高興大拇指有時也能自覺地做一些此時此地可做的事，有自己的方向。我在美国見到肖乾，也探訪了这位探討人生的作者，寫了一篇小說的肖乾七字散等的有趣一篇長文，寫的時候，也隱約有大拇指的舊友在心里，此文一時恐怕不会刊出，所以我又把底稿等一份給凌冰，也想給李孝聰等了康白的看看，互通消息。採訪不僅是採訪而已，而是這人身上有些質素，是我欣賞，也想我們認識的人會欣賞的，然後不妨回看我們所處這不同時代不同的地方，比如香港，看可做的是什麼。所以我也想寫以前的小說集，想寫的不僅是書評而已。回到香港，看到聽到想到許多問題，比如教育的問題，社會的問題，還有文學息息相關的。我有許多感想，一時不知怎樣說，一時又不知跟誰去說。香港有許多老朋友，但我常去忽忽，還有許多朋友沒機會見個面，還有許多話想談未談。大拇指的阮妙兆陳進權范俊風等人，仍然老老實實的工作，仍然是不覺得自己那麼重要，又仍然對人對事有很大的信心，但又仍然有[illegible]疑慮。而喝啤酒的阿祥呢，[illegible]在波士頓見到沈從文了。[illegible]與鍾玲喝咖啡，看到[illegible]記沈從文的談話，然後大夥兒聽沈從文的錄音帶，大家都感動了。不僅是因為沈從文是我們中學以來就喜愛的作家，而是因為這位七十八歲的中國人，他的說話他的態度使我們端坐沉思。沈從文一直默默工作，他也不覺得自己很重要。這不是偽作的謙虛，口頭的裝飾，而是一種真正的見識與胸襟。他是從默默工作幾十年中，達到這種見識與胸襟的。

我離港前還會見到大拇指的朋友，我想把沈從文的錄音帶帶去，播給大家聽聽，不知道阮兆妙、不知道大拇指的朋友，會不會喜歡沈從文的說話呢？

也斯游蹤大事年表

時序	生平	出版	大事及其他
1949	廣東出生，同年來港		
1963	在《中國學生周報》開始發表詩作		
1968	在《香港時報》撰寫專欄《文藝斷想》		
1970	浸大外文系畢業		
1972	與友人一起創辦文學雜誌《四季》（1972-1975）	《灰鴿早晨的話》（散文）	
1974	往廣州、肇慶、澳門等地旅行		第一次用「游詩」這說法
1975	與友人一起創辦《大拇指周報》（1975-1987）		任《大拇指》總編輯至 1975 年
1976	與西西、吳煦斌一起往台灣旅行		後結集為《新果自然來》

時序	生平	出版	大事及其他
1977	1977 開始在快報連載《剪紙》		有感於價值觀念的混淆，多種生活方式的參差，從而寫下《剪紙》
1978	日本旅行 赴美國加州聖地牙哥大學修讀比較文學	《神話午餐》（散文）	離港赴美，受業於葉維廉
1979		《雷聲與蟬鳴》（詩） 《養龍人師門》（短篇小說）	
1981	繼續在美深造，期間曾短暫回港	《山水人物》（散文）	
1982		《剪紙》（中篇小說）	素葉文學出版小說集《剪紙》
1983	短暫回港，開始寫蓮葉組詩（1983-1999），秋天回美 開始在快報連載《煩惱娃娃的旅程》		與畫家梁巨廷往青山觀蓮，開始寫蓮葉組詩，刻畫人在狹縫的感情
1984	自美國畢業回港		完成博士論文：《抗衡的美學：中國新詩中的現代主義（1936-1949）》

時序	生平	出版	大事及其他
1985	任教於香港大學比較文學系	《游詩》（詩畫集，駱笑平銅版畫） 《山光水影》（散文） 《書與城市》（評論） 《城市筆記》（散文）	正式以《游詩》為詩集名稱，並發表〈游詩後記〉一文 與蔡仞姿、彭錦耀合作《詩舞畫的對話》
1987		《島和大陸》（小說）	寫中國人在外國的小說
1988		《三魚集》（小說）	第一次以李家昇的作品為作品集的封面
1989		《梁秉鈞卷》（選集） 《中國影像：一至廿四》（詩與攝影—梁家泰攝影）	舉辦《東西游戲》詩（詠物詩）畫舞裝置展 與梁家泰合作，以詩與攝影表達對新中國發展的感受
1990	夏天到德國柏林	《布拉格的明信片》（小說）	寫東歐面對新的政治變化，以小說反思中國的轉變 在《香港文學》發表〈談詠物詩〉一文

時序	生平	出版	大事及其他
1991	獲亞洲文化協會基金往美國紐約半年從事文化研究	《昆明的紅嘴鷗》（散文）	寫改革開放後的八〇年代的中國在紐約與方育平、梅卓燕、游靜等交游。為陳載澧、龔志成等的音樂寫詞
1992	與好友攝影家李家昇、黃楚喬同游東歐	《形象香港》（英譯詩集），表達回歸前香港種種急劇變化和不安	出版英譯詩集《形象香港》，表達回歸前香港種種急劇變化和不安
1993		《香港的流行文化》 《記憶的城市．虛構的城市》（小說），原名為《煩惱娃娃的旅程》	〈北角汽車渡輪碼頭〉一詩製成錄像，混合虛構情節的錄像，帶出北角的層層歷史，種種消逝和人事記憶
1994		《六十年代文化剪貼冊》 《尋找空間》（小說選，內地版）	《花影》（與梅卓燕合作跨媒介作品）

時序	生平	出版	大事及其他
1995	在香港藝術中心開辦「香港文化：理論與實踐」課程 任加拿大多倫多約克大學訪問教授	《游離的詩》（詩） 《香港文化》（文化評論） 《半途：梁秉鈞詩選》	發表〈香港的故事：為什麼這麼難說〉一文
1996		《博物館》（詩） 《香港文化空間與文學》（文化評論） 《越界書簡》（散文） 《煩惱娃娃的旅程》（簡體字版）	舉辦「參與傳統：歷史的徙置」新詩及裝置展覽 寫東方到西方的越界感受，文化思考
1997	離開香港大學，任嶺南大學中文系比較文學講座教授，兼任人文及社會科學研究所所長，及人文學科研究中心主任		《搬家》（錄像） 《陰魂不散》（跨媒介作品） 《九七倩影》（參與王禾璧策劃的「詩與視覺探索」 Foodscape 新詩及攝影展覽（與李家昇合辦，於加拿大多倫多展出）

時序	生平	出版	大事及其他
			《食事地域誌》（*Foodscape*）英譯詩影象集，用食物探討文化和歷史，回答九七種種問題
1998	獲 DAAD 研究基金任駐德國柏林作家		研究德國歷史與文化 Foodscape 新詩及攝影展覽（與李家昇合辦，於香港歌德學院展出） 「偽時裝展」（與凌穎詩合作） 《衣想》（詩及裝置藝術展覽）
2000		《布拉格的明信片》（映象小說集，1991 年增訂版） 《花鳥誌異》（德譯詩集） 《蔬菜的政治》（德譯詩集） 《東西》（詩集） 《越界的月亮》（散文）（簡體字版）	Foodscape III 新詩及攝影展覽（與李家昇合辦，於東京展出） Foodscape IV 新詩及攝影展覽（與李家昇合辦，於慕尼克展出 《花鳥誌異》（與龔志成及 Ann Mark 合作跨媒體表演）

時序	生平	出版	大事及其他
2001	任德國海德堡大學訪問教授	《島和大陸》（法譯小說集）	
2002		《帶一枚苦瓜去旅行》（英譯詩選） 《在柏林走路》（散文） 《新果自然來》（散文） 《街巷人物》（《山水人物》擴充版） 《昆明的除夕》（《昆明的紅嘴鷗》擴充版） 《山光水影》（再版） 《島和大陸》（再版） 《養龍人師門》（再版） 《書與城市》（再版）	
2003	任日本東京大學訪問教授	《在柏林走路》（北京簡體字版） 《剪紙》（再版）	《食物與城市》攝影展 「香港二三事之一：李家昇、梁秉鈞、黃炳培作品裝置藝術展」

時序	生平	出版	大事及其他
2004	任瑞士蘇黎世大學訪問教授		《流蓮歡》音樂、舞蹈作品（「蓮葉組詩」） 「香港食境詩：文字圖像裝置」（新詩、攝影及裝置展覽（《蔬果說話》，李家昇與梁秉鈞詩作對話）
2005		《也斯的香港》（散文攝影集）	《都市・人物・食物》攝影展
2006	到美國哈佛大學研究 任駐南法沙可慈修道院作家，並到柏林參與活動。	《東西》（法譯詩集） 《蔬菜的政治》（詩）	詩與攝影展（沙可慈） 參與柏林「百佈廣場問答」 任粵劇《還魂記夢》文學顧問
2007	1-2月間，接受 Maison des Sciences de L'hommes-Fondation Reconnue D'utilite Publique 邀請往法國作文化交流	《島和大陸》（英譯小說集）	

時序	生平	出版	大事及其他
2008	再任駐南法沙可慈修道院作家	《視線中的香港：往復書簡》（與四方田犬彥的日文書信集，東京岩波書店出版） 《雅枝竹》（法文詩畫集）	
2009	六十歲，罹患癌症	《後殖民食物與愛情》（小說） 《雷聲與蟬鳴》（復刻版） 《越界的行程》（小說選集） 《碧玉與木頭》（德譯詩集）	從食物、從愛情角度寫九七後人如何面對種種變化 參與瑞士—中國文化交流（2008-2010） 參與《形・體・澎湃》跨媒體劇場系列，擔任《三段》之導演
2010		《游詩：梁秉鈞詩選》（英譯詩選）	內容包括游詩、游戲、游歷、游於藝、游城、游魂等六輯作品。
2011		《人間滋味》（散文攝影集） 《也斯看香港》（散文攝影集）（簡體字版） 《亞洲的滋味》（日譯詩集）	與葉輝在《明報》〈星期天生活〉合寫關於食物與愛情的專欄，結集為《人間滋味》一書

時序	生平	出版	大事及其他
2012	獲瑞士蘇黎世大學文學院頒授名譽博士學位	《普羅旺斯的漢詩》（詩） 《灰鴿試飛：香港筆記》（散文，重印《灰鴿早晨的話》） 《東西：梁秉鈞詩選》（簡體字版） 《昆明的除夕》（簡體字版） 《後殖民食物與愛情》（增訂版） 《後殖民食物與愛情》（韓文譯本） 《剪紙》（三版） 《書與城市》（簡體字版） 《形象香港》（再版英譯詩集） 《蠅頭與鳥爪》（英譯詩集）	出版最後一部詩集，收錄在南法沙可慈修道院創作及修訂的詩作 與何慶基合辦《鬼節》（舞台表演、電影播放及研討會

時序	生平	出版	大事及其他
		《顯與隱》（英、德譯詩） 《在不安定的日子》（法譯詩集） 《重畫地圖》（葡譯詩集）	
2013	一月五日辭世	《守望香港：香港─東京兩地往復書簡》（與田方田犬彥的書信集），原版為《視線中的相關：往復書簡》 《浮世巴哈》（散文）	出版生前最後一本散文集
2014	《回看·也斯》展	《回看·也斯》《游離的詩》（再版） 《香港當代作家作品選集·也斯卷》（詩、散文、小說、評論選集） 《東西》（再版） 《蔬菜的政治》（再版） 《普羅旺斯的漢詩》（再版） 《煩惱娃娃的旅程》（再版）	展覽紀念詩畫集，收錄他百多首詩，以及與五十多位藝術家朋友數十年來合作的相關藝術作品，260頁

時序	生平	出版	大事及其他
		《剪紙》（小說集，再版） 《也斯影評集》（評論集，鄭政恆編） 《梁秉鈞50年詩選》（詩集），是至今輯選梁秉鈞詩作最全面的選集	
2015		*Paper Cuts*《剪紙》（英譯） 《喝一口茶》（散文集）	
2016		《普羅旺斯的漢詩》（簡體字版，再版） 《山光水影》（簡體字版散文集，再版）	
2017		《也斯——中學生文學精讀》（詩、散文、小說選集）	
2018		《雷聲與蟬鳴四十周年紀念版》（詩集）	

時序	生平	出版	大事及其他
2019		*The Hong Kong Modernism of Leung Ping-kwan*（《梁秉鈞的香港現代主義》，梁秉鈞作品專論）	
2020		*Lotus Leaves: Selected Poems of Leung Ping-kwan*（英譯詩集） *Dragons: Shorter Fiction of Leung Ping-kwan*（英譯中編小說集）	
2021		《也斯的香港故事：文學史論述研究》是迄今資料搜集最詳盡的評論集	
2022		《也斯的六〇年代》（詩、散文、小說、評論選集）	

一九七五年十月廿四日　大拇指周報　第一版　專題

大拇指周報

發刊詞

第一期

• 大拇指周報　• 逢星期五出版　• 每期出紙兩張半　• 每份港幣五角　• 編輯：大拇指編輯委員會
• 地址：九龍彌敦道760號十一樓5號　• 電話：3-815730　• 印刷：田風印刷廠　•

青年學生看——我們的電視節目有什麼問題？

適然

• 年青人的節目

• 電視劇的寫實性

• 傳播媒介的普遍

• 不良影響

「請問你收睇邊多隻七睇節目？」「廣告！」

「從童成電視轉變習慣，要睇兒就一定要開啟電視機！」

《大拇指周報》創刊號

發刊詞

豐子愷說過：在一隻手中，大拇指的模樣最笨拙，做苦工卻不辭勞；討好的工作和享樂的機會未必輪到它，做事卻少不了它的一份。它的用途很多：流血時要它捺住，吃果子要它剝皮，進門要它撳鈴。現在我們要辦一份刊物，做起事來，就會發覺：如果要止住流血、如果要享用果實、如果要與別人溝通、到最後還是得用自己的手。借用「大拇指」的名字，不過是以此自勉吧了。

也斯撰寫的發刊詞

1976 年 11 月在往大嶼山的渡輪上，由左至右為吳煦斌、也斯、陳進權

1978 年也斯與葉維廉（左一）在聖地亞哥

1979 年也斯在樂海崖家中

1980 年也斯在聖地亞哥美術館前拍照留念

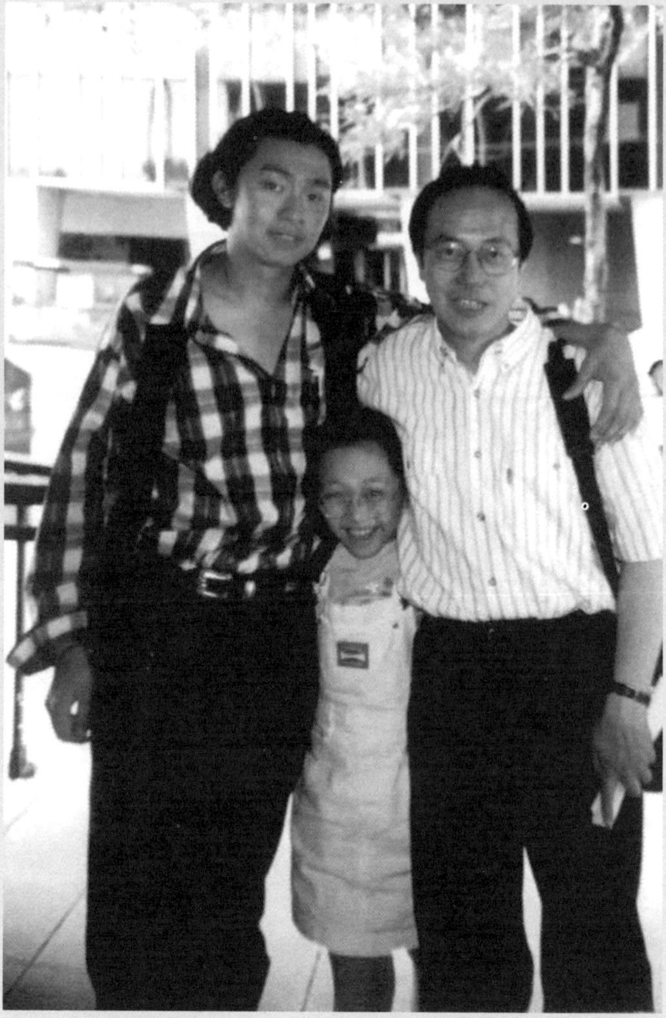

1995 年也斯與兒子以文、女兒安文在溫哥華

2010 年也斯與大拇指朋友在銅鑼灣茶聚

2010 年也斯在德國海德堡

2012 年也斯在瑞士蘇黎世大學圖書館

導賞作者簡介

● 按筆畫序

小藍，原名盧德儀，金文泰中學畢業後任職護士。業餘曾任《大拇指周報》編輯，大部份作品收集於自費出版的《遊族》合集。

朱彥容，退休教師，《大拇指》「校緣版」和「生活版」編輯，散文作品收錄於《七個大拇指》、《開門集》合集。

江游，《大拇指》「校緣版」編輯，曾任教科書編審。

李家昇，早年從事文學創作，出版《秋螢詩刊》。後主事攝影，與也斯有多個合作計劃。移居多倫多，設畫廊。現主力攝影創作及出版。

阮妙兆，香港出生，從事文書工作，曾參與《大拇指》事務，現已退休。

肯肯（梁淑華），香港出生，中學畢業，任職銀行十六年。婚後旅居英倫。曾任《大拇指》編輯。著作包括有《當年確信》、《眉間歲月》、《昨日蹉跎》等。

馬若，原名馬港生，1950 年生於香港，祖籍廣東海豐，與友人創辦《羅盤詩刊》，作品見於《十人詩選》、《兩種習作在交流》、《香港文學》及報刊雜誌。

張灼祥，從不肯承認自己是個文化人、卻一直在和文化教育打交道，從不願在公開場合高談闊論，卻做了電台節目主持多年。喜歡高爾夫球和旅行，愛好閱讀和寫作。

惟得，前《大拇指》書話版編輯，近年試寫長篇小説，繼大拇指叢書《戲謔麥加芬》，今年會出版電影散文集《布紐爾睡午覺》。

許迪鏘，香港浸會學院中文系畢業，從事編輯工作，公餘與友人合辦《大拇指》和素葉出版社，散文結集有《南村集》、《形勢比人強》等。

黃楚喬，八十年代開始從事攝影。《娜移》編輯之一，推動香港攝影文化。移加後協辦李家昇畫廊，近年多以探討攝影和文字關係創作。

葉曉文，香港生態作家及畫家。畢業於嶺南大學中文系，曾出版六本生態小説和散文，並舉辦畫展。2021 年成立有機農場暨農創品牌「隱山」。

劉偉成，香港浸會大學人文及創作系哲學博士，現職牛津大學出版社副編務總監，香港浸會大學兼任講師。作品包括詩集《果實微温》、散文集《持花的小孩》《影之忘返》等。

樊善標，香港中文大學香港文學研究中心名譽研究員、中國語言及文學系退休教授，近作有《發射火箭》、《真亦幻——香港散文及非虛構寫作探析》等。

也斯之游

也斯 著

李孝聰 迅青 麥水 編

責任編輯　葉秋弦

裝幀設計　簡雋盈

排　　版　楊舜君

印　　務　劉漢舉

出版

中華書局（香港）有限公司

香港北角英皇道 499 號北角工業大廈 1 樓 B

電話：（852）2137 2338

傳真：（852）2713 8202

電子郵件：info@chunghwabook.com.hk

網址：http://www.chunghwabook.com.hk

發行

香港聯合書刊物流有限公司

香港新界荃灣德士古道 220 - 248 號

荃灣工業中心 16 樓

電話：（852）2150 2100

傳真：（852）2407 3062

電子郵件：info@suplogistics.com.hk

印刷

深圳市雅德印刷有限公司

深圳市龍崗區平湖街道輔城坳工業大道 83 號 A14 棟

版次

2024 年 6 月初版

規格

16 開（210mm x 145mm）

ISBN

978-988-8861-84-2